아이와 세계를 걷다 3

오스칼

https://brunch.co.kr/@kal-jaroo

발 행 | 2021-06-10

저 자 | 오스칼

펴낸이 | 한건희

펴낸곳 | 주식회사 부크크

출판사등록 | 2014.07.15(제2014-16호)

주 소 | 서울 금천구 가산디지털1로 119, A동 305호

전 화 | 1670 - 8316

이메일 | info@bookk.co.kr


ISBN | 979-11-372-4767-3

본 책은 브런치 POD 출판물입니다.

https://brunch.co.kr


www.bookk.co.kr

# 아이와 세계를 걷다3

홍콩&마카오, 오키나와, 중국 화동, 일본 큐슈 여행기

오스칼 지음

# CONTENT

## 중국 화둥

## 일본 큐슈

## 번외 : 필리핀

처음 여행 간 때를 기억하시나요.

너무 어렸거나, 너무 시간이 지났거나 생각이 가물가물하지만

함께 갔던 사람과 나눴던 이야기, 먹었던 요리들,

지나갔던 거리와 내 눈에 담겼던 풍광들

비록 전부 기억하지 못하더라도 어렴풋이 떠오르는

그때의 느낌이나 강렬했던 인상이 뇌리에 남아

여행의 기억을 만들어 줍니다.

여러 색을 가졌던 여행의 기억은

캔버스 같은 마음에 담겨 추억이 됩니다.

그리고 그 순간을 다시 느끼고 싶어서 우리는 여행을 떠납니다.


소중했던 여행의 느낌, 맛, 냄새, 거리, 사람들, 온갖 소리, 햇살, 기다림

아이와 함께 낯선 공간을 손잡고 걸었던 그 순간을

기록해 이 글을 읽는 당신에게 전합니다.



그리고

여행의 동반자, 아내

인생의 이정표, 어머니

영혼의 거울, 아이에게

이 글을 전합니다.

# 첫 지구여행을 기억하며

국경 밖으로 아이와 함께 여행을 시작했던 그때

인생에서 남는 것은 경험이라고 생각하는 나는 밖으로 돌아다니는 것을 좋아해 결혼 전에 배낭여행을 여러 번 다녔었다. 결혼하고 난 뒤 1년에 해외여행을 한두 번은 가자고 아내와 정해서 우리의 버킷리스트로 삼아 여행 통장을 따로 만들어 얼마간 저축해서 돈을 모았다. 그리고 매년 어디를 갈지 계획을 짜서 몇 년치 계획을 세워놓기도 했다. 여러 곳을 다녀오긴 했지만 코로나 19로 인해 하늘길이 막힌 작년 봄부터 지금까지 만 1년이 넘는 시간 동안 그 약속을 지키지 못하고 있다.

세계 대유행 바이러스인 코로나 19가 나타나기 전 마지막 국경을 넘어본 것이 2020년 1월이었기에 기다림은 1년을 넘어 언제가 될지 기약할 수 없는 상황이다. 덕분인지 아닌지 여행 통장에는 차곡차곡 다음 여행을 위한 자금이 쌓이고 있고 우리의 여행 기록은 잠시 멈춤 상태에 있다. 멈춤 상태에 있으면서 장기간 여행을 가게 되면 그날그날 짤막한 일기를 써서 기록으로 남겨두고, 사진이나 동영상으로 그 순간을 담았는데 졸필이지만 우리가 머물렀던 그 공간과 낯선 이들과 보냈던 시간을 한데 모아 글을 써서 책으로 내보고 싶다는 생각을 했다.

여행의 과정은 일상의 장소를 벗어나 시간을 소비하는 과정에서 눈과 입과 귀가 흥분과 긴장으로 팽배해지는 일련의 사건이라고 볼 수 있다. 그건 여행의 핵심이기도 하지만 일부분이고 그전에 준비하는 과정부터 여행 기간과 갔다 와서 마무리하는 것까지 모든 것이 여행이라고 생각한다. 여행을 가기 위해서 여행지를 고르고, 무엇을 먹고 어디서 자고, 무엇을 볼지 생각하고 함께 여행을 떠날 이들과 생각을 나누는 과정이 전반전이라면 계획대로 움직이든지 돌발 상황이 발생하던지 여행 기간은 후반전이라고 볼 수 있다. 그리고 연장전인 마무리 작업이 있어야 여행이라는 게임을 온전히 마쳤다고 할 수 있다. 그렇기에 어떤 경우의 여행이든지 이러한 과정을 거쳐야 여행의 총체를 담았다고 할 수 있고, 고민 없이 떠나는 여행이라고 해도 여행을 떠나야겠다고 생각하는 순간부터 선택과 숙고의 시간을 거치기 마련이기에 여행을 다녀온 후의 작업도 그 시간을 정리하는 작업이기에 중요하다고 본다.

다녀와서는 이러한 마무리 작업을 위해 여행 기간 동안 썼던 메모, 일기와 사진, 동영상, 여러 자료를 모아서 한 권의 책으로 만들기 위한 글 쓰는 시간을 가졌다. 선정하는 기준으로는 먼저 우리가 처음부터 끝까지 준비하는 자유 여행이어야 했고, 장거리 여행이면서 장기간 여행을 한 나라들이고, 걷고 보면서 다양한 경험이 가능한 나라여야 했다. 우리 가족은 지금까지의 여행을 자유 여행으로 다녔기에 선택지는 여러 곳이었지만 우리나라와 가까운 나라를 간 곳도 여러 차례라 중국이나 일본, 동남아시아 등지의 나라들은 일단 제외시키고 책을 쓰기 시작했다.

그래서 터키, 그리스, 영국, 아일랜드, 프랑스, 이탈리아를 다녀온 〈아이와 세계를 걷다〉를 출간했고 이어서 러시아, 미국 동부와 서부,

캐나다를 어행한 〈아이와 세계를 걷다 2〉가 세상 밖으로 나왔다. 그리고 다시 우리가 떠날 예정으로 계획했던 나라들을 갔다 와서 책을 쓰려고 생각했는데 생각보다 장기화되는 코로나 19로 인해 인접 국가들을 다녀온 기억을 토대로 하나의 글로 정리하게 되었다.

홍콩과 마카오는 아이가 태어나고 처음 떠난 해외 여행지였다. 겨울에 떠났기에 조금 따뜻한 곳을 가고 싶어 했고, 아이를 데리고 다니기에 안전한 곳이어야 했다. 2015년에는 홍콩 민주화가 폭력적으로 진압되기 전이었고 평화로운 분위기 속에서 사람들이 지내고 있었기에 선택할 수 있었다. 일본 오키나와는 예전부터 가보고 싶었던 나의 여행 리스트 중에 있던 곳이었는데 너무 좋은 날씨와 풍광, 사람들 덕분에 즐겁게 지내다 온 기억이 있다. 지금의 모습을 쌓기까지 오키나와 사람들이 겪었던 아픔을 되새길 수 있는 기회였고 류큐 왕국의 모습을 살펴볼 수 있었다. 중국 상하이, 난징, 항저우를 갔던 건 순전히 베이징을 훨씬 전에 갔다 왔었고 발전하고 있는 경제대국 중국의 모습을 보고 싶어서였다. 중국 국경절 연휴와 겹쳐서 어마어마한 인파 속에서 고생을 나름 했지만 그것도 여행의 묘미라면 묘미였다. 일본 큐슈는 우리나라와 매우 가까워서 한국어 설명도 잘 되어 있고 일본 고대 문화를 느끼기에 좋았던 곳이었다. 여름에 가서 우리나라보다 무더운 날씨에 땀을 꽤나 흘렸지만 큐슈 일주를 하면서 다양한 도시들을 다녀보았다. 필리핀으로는 첫 휴양 여행을 떠났다. 이 여행을 빼곤 지금까지 모든 여행이 걷고 이동하고 보고, 공부하는 여행이었다면 정말 느긋하게 한 곳에 머물며 쉰다는 느낌을 받은 여행이었다. 그래서 약간은 번외 편처럼 느껴지기도 한 여행이었다.

그렇게 해서 홍콩과 마카오, 일본 오키나와, 중국 화둥 지방인 상하이, 난징, 항저우와 일본 큐슈, 필리핀 세부까지 우리와 가까운 나라들을 다녀온 기록을 차근차근 다듬어 내보이게 되었다. 이 나라들은 워낙 우리나라에서 가깝고 교류도 많은 이웃 나라이기에 한국에 대한 이해도 서로 높고 익숙한 문화적 배경에 정서적 괴리감도 크지 않아서 여행하기에 좋았던 나라들이었다. 특히 아이라고 하기엔 너무 어렸던 품에 안고 다닌 시절에 떠난 첫 여행에서는 가까운 비행 거리와 익숙한 음식, 풍경은 여행의 기분을 내면서 아이를 데리고 다니기에 더할 나위 없이 좋았다. 일단 아이를 데리고 다니면 음식과 기후, 안전 등을 고려하지 않을 수 없는데 그런 면에서 합격을 받았다. 언젠가 다시 이곳을 두 눈에 담아 보고 싶은 소망이 있다.

# 천장지구(天長地久)를 향해

생후 10개월 아이와 홍콩&마카오 여행 준비

2014년 봄을 알리는 3월 중순에 아이가 태어났다. 그리고 여행을 좋아하던 나와 아내는 열심히 육아를 하고 있으면서 여행에 대한 꿈을 잠시 접고 있었다. 아이 키우는 것에 대해 적응하면서 초보 부모로서 좌충우돌하면서 지내다가 여름이 지나고 가을이 되자 어느 정도 적응이 되었는지 스멀스멀 여행에 대한 이야기를 나누기 시작했다. 아이가 너무 어리기 때문에 국내 여행을 생각했지만 이미 그해 여름부터는 아이를 데리고 국내 여행을 다니고 있었기에 더 멀리 나가고 싶은 생각이 올라왔다.

일단 돌도 지나지 않은 아이를 데리고 나간다는 데 쉬운 것은 아니었기에 주변에서 이런 이야기를 꺼내면 걱정과 만류를 많이 하고 아이가 한 명이기에 괜찮을 것 같다는 말도 들려왔다. 아직 제대로 걷지도 못하고 말도 못 하는 아이를 데리고 나가는 것이 처음이기에 확신이 없었던 우리 부부는 마침 어머니께서 오랫동안 친하게 지내는 외삼촌 가족과 해외여행을 가고 싶어 하셨고 새롭게 가족이 된 아이를 축하하는 의미로 여행을 가고 싶다 하셔서 해외여행으로 결정을 봤다. 이렇게 외삼촌 가족에게도 여행 계획을 알리고 함께 가는 것으로 정해져서 여행하는 가족은 생후 10개월이 된 아이, 나, 아내, 남동생, 어머니 그리고 평소 친분이 두터운 막내 외삼촌 가족 4명으로 총 9명이 움직이는 대가족 여행이 되었다.

첫 해외여행부터 9명이 움직이는 여행이라 준비를 담당하게 된 나와 아내에겐 다소 부담이 되긴 했었다. 그래도 아이를 돌아가면서 봐주실 수 있는 어른이 우리 외에도 3명이 더 있어서 마음을 놓기로 했다. 어머니는 우리에게 결정을 일임하셨는데 아이 위주로 고려를 해서 생각을 했다. 먼저 여행지를 정해야 했는데 비행기 거리가 짧은 곳으로 선정해야 했다. 검색을 해보니 비행기 안에서 압력 때문에 우는 아이, 좁은 공간에만 있으니 소리 지르거나 우는 아이 등 다양한 이유 때문에 아이를 데리고 비행기 타는 것에 대해 부정적인 의견이 많아서 걱정되었기 때문이다. 그리고 1월 한겨울에 떠나니 우리나라보다 추우면 안 되고 이왕이면 더 따뜻한 날씨면 좋겠다고 생각했다. 많은 사람이 움직이니 음식도 입에 맞고 혹시 아이가 아프면 데리고 갈 수 있는 병원 체계가 잘 되어 있는 곳을 생각해보니 일본, 중국, 대만, 홍콩, 괌, 오키나와 정도가 생각났다. 첫 여행이고 다들 휴양하는 여행은 좋아하는 편이 아니라 모두 안 가본 곳과 도시 안에서 이동하기 편리한 곳을 고려하다 보니 홍콩을 가기로 했다. 그리고 홍콩과 함께 마카오까지 묶어서 홍콩과 마카오를 가기로 낙점했다. 그렇게 도시가 정해지니 그 이후 항공권을 예약하고 호텔을 정했다. 호텔을 정할 때 도시 안에서 아이를 데리고 다니기 편하게 교통이 편리한 중심지로 정했다. 시설 또한 베이비 케어가 가능한 곳으로 정해서 아기 침대 등을 구비 받을 수 있게 했다.

홍콩과 마카오는 한 번도 가본 적 없지만 이미 머릿속에는 이름 모를 거리와 인파가 뚜렷하게 자리 잡고 있었다. 어렸을 때부터 보았던 홍콩 누아르 영화와 요즘 한국 영화에 이르기까지 홍콩과 마카오를 배경으로 한 영화들이 워낙 많이 있었기 때문에 익숙하면서 언젠가 꼭 가보고 싶은 곳이었다. 특히 홍콩은 철없던 어린 시절에 무수히 봐왔고 머리가 굵어지고 나서도 의리와 낭만을 그리며 보았던 영화들이 있었기에 마치 영화 기행처럼 느껴지기도 했다. 홍콩은 과거 중국이 청나라 시절에 영국과 싸웠던 아편 전쟁에서 패한 후 영국의 식민지가 된 것으로 익숙하다. 1839년에 일어난 제 1차 아편 전쟁으로 인해 난징 조약으로 홍콩 섬이 대영제국으로 해가 지지 않는 나라였던 영국에게 영구적으로 할양되었고, 이후 애로호 사건이 빌미가 되어 영국이 일으킨 제2차 아편 전쟁에서 또 패하면서 베이징 조약으로 청나라는 영국에게 카오룽 반도를 할양하게 된다. 이후 영국은 1898년 카오룽 반도의 북쪽에 있던 신계 지역을 99년 임대 형식으로 얻으면서 더욱 크기가 늘어나게 된다. 이때 99년이라 함은 영원을 의미하는 것이었지만 중화인민공화국이 들어서고 시간이 지나면서 신계 지역에 대한 반환 문제가 대두되자 결국 같은 생활권이자 도시권으로 묶인 홍콩 전체가 중국의 품으로 돌아오지 않을 수 없었다.

마카오는 미국의 라스베이거스와 더불어 도박 도시로 전 세계적인 명성을 얻고 있으며 많은 홍콩인, 중국인이 가서 돈을 쓰고 있어서 오히려 원조인 라스베이거스보다 도박 비용이 뛰어넘는다고 한다. 마카오는 포르투갈의 식민지였는데 포르투갈인이 마카오에 들어오게 된 것은 홍콩에 영국인들이 들어온 것보다 훨씬 오래 전인 명나라 때라고 전해진다. 16세기부터 교역을 하던 포르투갈인들이 눌러앉아 살기 시작해서 1888년에 청나라와 포르투갈 사이에 맺어진 통상 조약으로 인해 포르투갈의 식민지가 된다. 그리고 본토인 포르투갈의 영향력이 줄어들기 시작하자 자치 형태로 운영되다가 식민지가 된 지 백 년이 훌쩍 지난 1999년 12월 20일에 중국으로 반환이 되어 21세기가 되기 전에 홍콩과 마카오 둘 다 중국의 영토 안으로 편입되었다. 마카오는 홍콩처럼 거대 도시가 아닌 인구 60여만 명에 면적도 좁아서 도시로 걸어 다니면서 여행이 가능하고 포르투갈의 영향으로 유럽 분화가 짙게 배어 있기 때문에 중국 안에서 또 하나의 유럽이라고 불리고 있다. 그리고 홍콩이 영국의 식민지 된 이후 무역항으로서 매력을 잃어가자 도박 산업이 크기 번성하더니 지금은 국제적인 도박 도시로 최대 규모를 자랑하고 있다.


현재 홍콩과 마카오는 중국의 일국양제(一國兩制) 정책에 따라서 공산당이 일당 지배하는 본국과는 다르게 민주주의 방식을 따르고 있으며 이로 인해 중국과 마찰을 빚기도 하여 최근에는 홍콩 민주화 시위에 대한 탄압이 강압적으로 이루어져서 국제적인 논란을 만들어 왔다. 자그마한 항구에서 시작해 영국과 포르투갈의 식민지를 겪고 이제는 세계 G2 중 하나인 중국의 품 안에서 다른 운명을 받아들이고 살아가는 두 도시는 여전히 불야성을 이루고 있는 아시아의 별로 우리는 그 별을 만나러 가고자 여행 짐을 꾸렸다. 아이 용품이 있으니 최소한의 짐으로 어른 짐을 꾸렸고 환전은 홍콩 달러로 미리 환전해서 가기로 했다. 중국 영토이지만 일국양제로 인해 다른 행정 체계를 갖고 있는 특별행정구역이라서 화폐 단위도 달라서 중국이지만 다른 나라 여행 준비하는 기분이 들었다. 미리 소아과에 가서 여행 관련한 처방을 받고 철저한 준비를 했다. 그런데 여행 전날에 아이가 목에 스티커를 삼켜 빼내는 해프닝이 생겨서 걱정 반 기대 반의 여행을 시작하게 되었다.

# 英雄本色의 무대에 서다

2015년 1월 10일(1일째)-첵락콕 공항, 옹핑, 침사추이

인천 국제공항으로 가는 날 새벽 2시에 같은 도시에 사는 막내 외삼촌 가족을 픽업하고 공항으로 갔다. 내가 사는 도시에서 공항까지는 차로 달려 3시간이 걸리기에 넉넉하게 4시간을 잡고 운전을 했다. 서울에서 공부하는 사촌 동생 2명과 일하고 있는 동생은 서울에서 인천으로 합류하기로 하고 아이, 아내, 어머니, 막내 외삼촌과 외숙모를 모시고 공항으로 갔다. 새벽 공기를 가르며 공항으로 가는 고속도로는 운전하는 내내 막힘없이 뚫려 우리의 여행이 시원스럽게 이루어질 것 같은 기분이 들었다. 어두컴컴한 가운데 가로등만 빛나는 고속도로에는 차들이 거의 없었고 낯선 곳을 향해가는 우리를 위해 포근하게 안아주는 듯했다. 인천 국제공항을 운전해서 가보는 것은 이번이 처음이라서 운전하면서 지나치는 풍경도 낯설어 이미 여행하는 기분이었다. 예전 같았으면 여행지에서 볼거리, 먹을거리에 대한 생각으로 가득 찼을 테지만 처음으로 아이를 데리고 가는 해외여행이라 걱정이 되긴 했다. 가는 도중에도 약은 잘 챙겼는지 어디 열은 안 나는지 신경이 계속 쓰였다.

아직 아침 해가 뜨기도 전인 새벽 6시가 안되어 공항에 도착해서 먼저 도착 지점인 픽업 장소에 내려준 다음 드넓은 야외 주차장을 찾아 주차를 하고 공항 안으로 들어갔다. 서울에서 버스를 타고 온 동생들과 오랜만에 만나서 출국 수속을 했다. 곤히 자고 있는 아이를 안고 있어서 일단 여권을 제시하고 아이 얼굴을 보였다. 수속 직원이 슬쩍 보니 이내 여권을 돌려주었다. 이렇게 아이의 공항 입성 첫 관문을 무사히 통과했다. 출국 수속을 마치고 나오니 화려한 조명이 가득한 면세점들이 늘어선 거리 안으로 들어갔다. 항공기 기내식이 없기도 하고 아침 식사 시간이 되어 다들 출출해 공항 안에서 아침 식사를 하기로 했다. 아이도 낯설어하면서 울거나 하지 않고 가족이 같이 있으니 기분이 좋아 보이면서 칭얼거림도 없이 잘 있었다. 밖에 다닐 때는 항상 내가 안고 다니기 때문에 나와 꼭 붙어 있었지만 식사하거나 쉴 때에는 아내나 어른들이 돌아가면서 봐주니 마음이 한결 편했다. 다 같이 모여서 첫 해외여행을 대가족으로 떠나게 되니 기분이 뭔가 뭉클하면서 좋은 여행으로 남았으면 하는 바람을 했다. 특히 어머니께서는 평소에 친하게 지내는 막내 외삼촌 가족과 함께 떠나는 첫 여행이라서 그런지 기분이 많이 좋아 보였다. 그리고 화창한 아침의 기운을 받으며 9시 20분에 홍콩 첵락콕 공항으로 가는 비행기에 몸을 실었다.

길지 않은 비행시간이지만 그래도 잘 있을지 걱정이 되었는데 비행기 안에서 아이는 얌전히 깨어있기도 하고 자기도 했다. 당연히 이곳이 어디인지 모르는 상황이지만 주변에 다들 가족이 앉아 있어서 친숙한 사람들이 있으니 안심이 된 모양이었다. 다행히 울거나 소리지르거나 아프지 않고 3시간 반의 비행을 끝냈다. 햇볕이 내리쬐는 화창한 홍콩의 한낮에 첵락콕(赤鱲角, Chek Lap Kok) 공항으로 불리는 홍콩 국제공항에 도착했다. 비록 홍콩 누아르 영화에 클리셰처럼 등장했던 카이탁(啓德, Kaitak) 공항이 아니라서 카오룽 반도의 홍콩 도심에 이루어졌던 아슬아슬한 곡예는 아니었지만 영화 '영웅본색(英雄本色)'의 주윤발이 바로 앞에 서성일 듯한 느낌을 받았다. 카이탁 공항은 1925년부터 홍콩의 허브였지만 지속적인 안전 문제로 1998년에 폐쇄되어 홍콩의 관문, 국제공항의 역할은 첵락콕 공항이 이어가게 되었다.

홍콩 국제공항에 도착

홍콩 무비 키즈였던 나로서 처음 와보는 홍콩은 낯설지만 낯설지 않은 어린 시절의 추억이 어딘가 잠자고 있을 것만 같은 숨겨진 도시 같았다. 그리고 지금은 중국 영토로 엄연한 중국의 주권 아래 있는 도시이지만 중화인민공화국이라는 이름보다는 홍콩이라는 이름 그 자체가 부각되는 도시라는 느낌을 받았다. 일국양제의 형태를 받는 홍콩은 일단 쓰는 화폐도 중국 위안이 아닌 홍콩 달러를 쓰고, 홍콩이라는 이름이 여기저기 있기에 다른 행정 구역이구나 하는 생각은 더욱 확실해졌다. 하지만 생각보다 영어에 능숙한 사람은 적어서 놀라기도 했다. 각종 거리, 지명이 영어로 되어 있었고 오랜 시간 동안 영국의 식민지였기에 당연히 영어가 자연스럽게 통할 거라 생각했던 우리의 기대와는 다르게 이미 반환된 지 20년 정도 되어서 그런지 생각보다 영어를 잘하는 사람들은 만나지 못했다. 길을 물을 때 영어로 물어보면 영어 못한다고 만나는 사람이 많았고 오히려 띄엄 띄엄이지만 한국어를 할 줄 아는 홍콩인을 만나곤 했다. 많은 중국인이 이미 들어와서 살거나 우리처럼 여행 왔는지는 몰라도 영어의 효용성은 다소 떨어진다는 것을 느꼈다.

그리고 홍콩은 표준 중국어라고 할 수 있는 베이징어(푸퉁화, 普通
话)를 쓰지 않고 광둥어를 사용해서 기본적으로 익히고 간 단어나
문장이 중국어와는 많이 달랐다. 짧은 비행시간이었지만 여행 책자
를 뒤적뒤적 보면서 뒤에 나와 있는 홍콩 회화를 몇 가지 외웠는데
광둥어라 그런지 홍콩 영화에 등장하는 대사 같은 말들이 많았다.
현재 홍콩은 중국 영토이기 때문에 베이징어가 공식 언어이지만 절
대 다수의 홍콩인은 광둥어, 영어를 사용한다고 한다. 전 세계적으로
광둥어를 사용하는 인구는 1억 명에 가깝다고 하니 해외 교포까지
합쳐야 비슷할 것 같은 한국어 사용 숫자에 필적하는 언어라는 사실
에 놀라웠다.

베이비 시터와 가이드 그리고 아이

공항 입국장으로 나온 우리는 먼저 예약해 놓은 관광 티켓, 교통카드 등을 구입하고 이미 점심 때가 되었기에 공항 안에서 간단히 점심을 사 먹기로 했다. 이날 홍콩 여행 루트는 공항을 중심으로 놓았을 때 숙소 반대편에서 오후 일정이 있었기에 일정을 마치고 나서 공항에 들려 짐을 찾아 숙소로 가는 것이 동선이 좋아 보여서 일단 공항 짐 맡기는 곳에서 짐을 맡겼다. 이름 모를 중국 식당에서 마침 메뉴판에 사진이 있길래 맛있어 보이는 음식들을 주문해서 나온 음식을 먹는데 아이는 같이 먹지 못하고 모유를 먹었기 때문에 아내가 수유실이나 이동할 때 가리고 먹이곤 했었다. 점심 식사를 마친 다음 다들 첫 일정인 옹핑에 가기 위해 S1버스를 탔다. 옹핑은 길이 5km가 넘는 옹핑 360 케이블카가 명물이었는데 홍콩에서 가장 큰 섬인 란타우 섬에서 꼭 타봐야 하는 관광 명소라고 불려서 온 가족이 같이 가서 타기로 했다.

옹핑 케이블카

투명한 케이블카 밑바닥

옹핑 360 케이블카는 30분 가까이 타는 코스여서 생각보다 길었다. 중간에 산이 나와서 이제 끝이겠구나 싶으면 다시 나오고 또 산이 나와서 끝이겠구나 싶으면 다시 나와서 길었는데 평소 약간의 고소 공포증이 있던 외숙모는 밑에 쳐다보는 것을 무서워했다. 케이블카는 바닥이 안 보이는 스탠더드와 투명해서 보이는 크리스털이 있었는데 우리가 선택한 것은 크리스털로 케이블카 밑으로 바다가 다 보였기 때문이다. 우린 그런 외숙모를 많이 놀렸다. 케이블카를 타고 포린사의 유명한 부처인 청동 좌불상과 함께 유유히 뻗어있는 바다와 하늘을 감상하고 난 뒤 케이블카에서 내렸다. 포린사는 홍콩에서 손꼽히는 불교 사원으로 천단대불(天壇大佛)이라고 불리는 청동 좌불상이 매우 유명하다. 1993년에 만들어진 천단대불의 높이는 34m, 무게는 200톤 정도 나간다고 하니 과연 케이블카 안에서 봐도 그 모습이 거대해서 장엄한 느낌이 들었다. 도도한 부천님의 눈과 손길에 홍콩의 평화가 기원되는 듯한 느낌이었다. 종착지인 퉁청(東涌) 역에서 내려 다시 공항으로 간 다음 짐을 챙겨서 홍콩 시내로 들어 갔다. 버스를 타고 들어가는 홍콩 시내는 어느새 어둠이 내려 앉아 서 불야성의 모습을 이루고 있었고, 각종 명품의 네온사인과 끝을 모르고 올라가 있는 빌딩들, 오가는 사람들이 시야에 들어오는 데 정신이 혼미할 지경이었다.

다시 공항에서 시내로

어느새 해는 지고 홍콩 야경이 우리 눈앞에 펼쳐졌다. 홍콩은 크게 홍콩 섬과 카오룽 반도, 신계지역으로 나뉠 수 있다. 영국의 식민지였던 곳은 홍콩 섬과 카오룽 반도이고 신계 지역은 99년 기한으로 조차 지역이었다. 행정 구역으로 홍콩 섬은 센트럴과 스탠리 지역, 카오룽 반도는 침사추이와 몽콕 지역으로 어딜 가든지 빽빽한 빌딩과 불야성을 자랑했다. 우리가 내렸던 침사추이 지역은 화려한 네온사인과 수많은 간판, 바삐 오가는 사람들과 음식 냄새, 거리의 차들이 뿜어내는 경적 소리와 매연이 생기를 불어넣어 주었다. 아이를 안고 밖으로 다니는 것이 걱정되지는 않았는데 평소에도 아기띠로 아이를 품 안에 넣고 자주 다녔기 때문이다. 아직은 품 안에 들어갈 정도로 작기 때문에 아기띠로 안고 다니는 것이 오히려 손을 잡고 걷는 것보다 편하고 양손을 쓸 수 있으니 좋았다.

침사추이(尖沙咀, Tsim Sha Tsui)로 가서 하버시티(Harbour City), 스타의 거리(星光大道, The Avenue of Stars) 등 유명 관광지를 걷고 구경하고 사진 찍으면서 보냈다. 이렇게 가족들끼리 와서 홍콩의 첫날밤을 함께 할 수 있어서 감사했다. 침사추이 해안 산책로를 따라 걸으면서 무엇을 많이 보고 체험하기보다는 이곳에서 함께 이야기하고 보석처럼 반짝거리는 마천루가 즐비한 야경을 바라보는 것이 좋았다. 저녁은 하버시티에 위치한 식당에서 샤오룽바오와 추천 음식을 먹었다. 많은 인원이 움직이고 아이도 있다 보니 다양한 입맛을 즐길 수 있는 대중식당이 마음에 들었다. 홍콩에 있으면서 샤오룽바오는 참 많이 먹었다. 그 외 음식들도 입맛에 맞아서 볶음밥, 튀김, 탕 등도 맛있게 먹었다. 그다음 스타페리 선착장에 가서 버스를 타고 넬슨 거리(奶路臣街, Nelson street)에 내려서 몽콕(旺角, Mong kok) 역으로 왔다. 몽콕의 야시장인 여인가(女人街, 레이디스 마켓)는 상당히 변화한 거리로 옷, 관광상품, 가방, 인형, 액세서리 등 마치 축제 거리처럼 매대에는 온갖 상품들이 진열되어 있었고 사람들도 많았다. 밤중까지 이어진 우리의 거리 나들이는 끝이 나고 온갖 사람들과 냄새에도 아랑곳하지 않고 아이는 품 안에 얌전히 있는 채로 있었다.

홍콩의 야경

해외여행 첫날이라 피곤할 법도 하지만 시차도 별로 없고 비행시간도 짧았기에 여유 있게 다닐 수 있었다. 무엇보다 함께 하는 게 즐거운 가족들과 함께 보면서 여유 있게 다닌 것이 좋았다. 여행이란 어디를 가느냐도 중요하지만 더 중요한 것은 누구와 가느냐라는 것이 실감 났다. 어머니도 함께 이렇게 여행을 다니는 것이 좋았는지 저녁 식사를 하면서 잘 드시지 않는 맥주도 한 잔 하셨다. 아이도 보채거나 아프지 않고 거리를 다닐 때에는 내 품에서 자거나 눈을 말똥말똥 뜨고 있었고, 배가 고프면 아내가 모유 수유를 했다. 모유 수유를 하지 않으면 젖병에 분유를 타서 먹이면 되니 오히려 분유가 쉬울 수 있겠다고 생각했지만 돌이 될 때까지는 모유 수유를 하기로 했기에 여행 다니면서 아이의 칭얼거림과 배고픔에 아내는 민감하게 반응했다. 한국과는 다르게 이동하는 시간도 있고 장소도 여의치 않거나 하는 경우가 있는데 여행 와서 이렇게 모유 수유를 강행하고 실천하는 아내가 고생을 많이 하고 한편으로는 대단하고 멋져 보였다. 호텔에서 아이 목욕을 시키고 노는 것을 보니 아픈데 없이 잘 있는 듯했다. 무사히 출국하여 홍콩에서 하루를 온전하게 잘 보낸 여행의 첫날밤이 지나갔다.

홍콩 시내에서 첫 식사

홍콩의 밤거리

# 重慶森林은 이곳에

2015년 1월 11일(2일째)-침사추이, 센트럴, 소호, 빅토리아 피크

한 손으로 식사하기

여행의 둘째 날 아침은 푹 자서 상쾌한 우리와는 다르게 다소 쌀쌀하고 흐려 보였다. 조식 신청을 안 하고 현지에서 사 먹기로 했기에 서둘러 나갈 준비를 했다. 일요일 아침의 홍콩 풍경은 우리와는 다르게 거리에 사람들로 북적이면서 식당에도 사람들이 많이 있었다. 호텔 앞에 간단하게 식사를 할 수 있는 식당이 있어서 갔는데 넓은 홀에 사람들로 가득 차 있었다. 우리는 먼저 키오스크에서 메뉴 선택을 했다. 밀크티, 스크램블 에그, 식빵, 마카로니 수프 등 현지 사람들이 많이 먹는 식사를 주문했다. 주문 후에 다른 사람들이 먹고 떠난 자리를 잡았는데 셀프로 많이 하는 한국과는 다르게 종업원이 있어서 그런지 사람들이 먹고는 그대로 남은 그릇이나 음식물을 테이블에 두고 자리를 떠났다. 적잖이 그 모습이 당황스러웠지만 우리 옆에 있는 홍콩 사람 무리 중에 다행히 한국어를 조금 할 수 있는 사람이 있어서 하는 말이 종업원이 와서 치워줄 거라고 다소 서툴지만 또박또박하면서 친절한 말투로 말해주었다. 나 혼자만 여행 온 것이 아니라 아이와 가족, 친척들도 함께 온 여행이라 긴장하면서 다니는데 이러한 작은 친절은 그런 긴장을 녹여주기에 충분했다. 감사의 뜻을 전하고 자리에 앉아 있으니 이내 음식이 왔다. 아이를 앉힐 공간이 없어서 내가 팔에 안고 한 손으로 식사를 해야 했던 불편함은 있었지만 식사하기에는 충분했다.

중경삼림의 청킹맨션

함께 아침 식사를 한 후 한가롭게 침사추이를 걸어보았다. 호텔 근처 그 유명한 청킹맨션이 있었기에 그곳을 배경으로 사진을 남겨보았다. 영화 '중경삼림(重慶森林)'에 등장했던 금성무와 임청하의 여운을 남기는 이야기가 아직도 속삭여지는 듯했다. 화창한 날씨 속에서 홍콩 섬과 카오룽 반도 사이 빅토리아 해협은 진주처럼 반짝거리고 있었다. 그사이 빼곡하게 자리 잡은 빌딩들은 홍콩의 현재를 보여주기에 충분했다. 낮에 보이는 홍콩섬의 전망은 밤에 봤을 때와는 색달랐다. 고층 빌딩이 즐비해서 싱가포르나 중국 상하이와 비슷한 분위기를 연출했는데 멀리서 보면 작은 점으로 보이는 곳곳에 사람들이 있으면서 저마다의 일을 하고 있다고 생각하니 매일같이 바쁘게 살아갈 홍콩 사람들의 모습이 연상되었다. 이곳에서 홍콩섬으로 가는 페리 터미널이 있어서 우리는 스타페리를 타고 해협을 건너가기로 했다. 저렴한 가격으로 탑승할 수 있어서 종종 이용했는데 다소 기우뚱거려서 처음에는 어색했지만 이내 적응되어 홍콩의 모습을 눈에 담을 수 있었다.

페리 터미널

센트럴은 말 그대로 홍콩의 중심으로 침사추이와 더불어서 최대 번화가로 손꼽히는 지역이다. 홍콩 섬은 일찍이 아편전쟁 이후 1842

년 영국의 식민지로 개발되어 지금도 수많은 빌딩이 자리 잡고 있으면서 빅토리아 피크에서 내려다보는 야경의 중심 역시 이곳이다. 홍콩 하면 이곳 홍콩 섬을 가리키는 경우가 많았다. 이 역에서 육교를 타고 올라오면 IFC몰이 있는데 아직은 두 손을 묵직하게 만들 수는 없어서 쇼핑은 단념하고 대신 눈으로 쇼핑을 실컷 했다. 그리고 여러 영화에도 자주 등장했던 미드레벨 에스컬레이터를 타러 갔다. 홍콩 하면 연상되는 것이 많이 있는데 그 중에 하나가 이 에스컬레이터였다. 별거 없이 보이는 거지만 내가 사랑하는 홍콩 영화 중 하나인 '중경삼림'에 등장하는 이 에스컬레이터는 청킹맨션과 더불어 나에게는 꼭 와보고 싶은 장소였다.

그렇게 길지는 않지만 다소곳하게 경사가 진 에스컬레이터를 타면서 영화 속에서 등장해 엄청난 유행을 불러일으킨 마마스 앤 파파스의 'California Dreaming'을 떠올려 보았다. 왕페이가 이 에스컬레이터를 타면서 양조위의 집에 숨어 들어가서 옛 여자 친구의 흔적을 지우던 장면이나 양조위의 멋진 제복과 함께 자신의 머리를 쓰다듬는 장면이 생각났다. 이 근처는 소호 거리도 있어서 홍콩의 중심부를 간단히 도보로 다닐 수 있었다. 지금보다 다소 어렸던 때에 보았던 홍콩 영화에 등장한 장소들을 와보는 것은 팬으로서 무척 설레는 일이었다. 영화 속에 등장한 장소는 평범한 사람들이 다니는 장소겠지만 그 영화를 본 사람으로서 그 장면이 상상되고 오버랩되는 순간들이 있었다. 그래서 그곳에 함께 있다는 느낌을 받기 때문에 홍콩이라는 도시는 나에게 매력적인 도시였다.

중경삼림의 미드레벨 에스컬레이터

특히나 영화 '중경삼림(重慶森林)'은 나에게 있어 인생 영화로 꼽히는 홍콩 영화이기에 실제 그 장소에 왔다는 사실만으로도 홍콩 여행의 목적은 달성된 것이라고 볼 수 있었다. 아시아에서 영화하면 떠오르는 나라는 이제 인도, 한국이겠지만 내가 어렸을 적만 해도 항상 성룡, 양조위, 장국영, 유덕화, 주윤발, 왕조현, 임청하 등 홍콩 배우들과 홍콩 영화들은 추억 속에 함께 하는 존재였다. 어린 시절의 꿈과 이국적인 도시, 언어에 대한 모습은 동경하기에 충분했었다. 이렇듯 홍콩의 매력은 여러 가지인데 그중 한 가지를 말한다면 바로 영화의 도시였다는 점이다. 이젠 과거형이 되어 한국 사람들은 더 이상 홍콩 영화를 보지 않게 되었고 젊은 층 사이에서 대만 청춘 멜로 영화가 잔잔하게 인기를 얻고 있지만 예전 홍콩 영화는 대단했었다. 에스컬레이터를 아이와 함께 올라가면서 짧은 시간이었지만 그때 느낀 감동은 아직도 느껴졌다. 소호 거리를 들렸다가 카페에서 잠깐 쉬는 시간을 가졌다. 그리고 높은 빌딩들 사이로 난 골목길을 다니면서 골동품 구경을 했다. 아이는 걷는 내내 잠들어 있어서 가벼운 점퍼로 몸을 가려주고 아기띠를 한 내가 데리고 다녔다.

소호 거리

빽빽한 홍콩의 빌딩 사이로

저녁에는 피크트램을 타야 해서 빅토리아 피크(Victoria Peak) 쪽으로 이동했다. 피크트램 편도 예약을 해놓고 홍콩의 야경을 보기 위해 길을 걷는 우리는 야경에 대한 기대감에 부풀었다. 어른들은 예전부터 들었던 홍콩의 네온사인 가득한 밤거리, 빽빽하다 못해 답답하게 느껴질 정도로 마천루가 즐비한 홍콩의 밤하늘과 도시를 내려다보고 싶어 했다. 영화 '영웅본색(英雄本色) 2'에서도 주윤발이 죽어가는 장국영과 함께 있을 때 홍콩의 야경을 보면서 참 아름답다고 하는 장면이 있다. 그건 나와 아내, 동생들도 마찬가지였다. 빅토리아 피크로 가기 위해 먼저 피크트램을 타야 했는데 1월임에도 불구하고 많은 사람이 트램을 타기 위해 기다리고 있었다. 야경 시간에 맞춰 사람들이 어디서 나타났는지 홍콩의 여행객은 모두 모인 듯이 바글바글 모여 있었다. 아이는 내가 한 아기띠를 집처럼 편안하게 있었다. 줄을 서고 기다려야만 하는 곳에서 갑자기 칭얼거리거나 무슨 일이 생기면 난감했겠지만 내 앞의 긴 줄이 사라질 때까지 잘 있어 주었다.

한 시간 정도 기다린 후 타이핑 산(太平山)의 정상에 위치한 피크 타워로 가기 위한 트램을 탔다. 바로 우리 앞에서 대기줄이 시작되어 우리는 맨 앞에 서서 멀어지는 홍콩 시내를 바라보았다. 경사진 면을 오르는 트램도 신났지만 눈앞에 담길 홍콩의 야경에 눈이 반짝거렸다. 트램을 타고 올라온 빅토리아 피크에는 역시 많은 사람이 저마다의 모습을 홍콩의 야경을 배경 삼아 사진 속에 남기고 있었다. 이 지역은 홍콩 섬에서도 높은 지대였지만 식민지 시대 영국인들은 이곳에 살았었다. 홍콩의 더위와 습한 날씨를 피해 다소 온난했기에 기후를 찾아 살게 된 것이다. 그래서 지금도 홍콩의 부유층들은 산중턱에 많이 산다고 한다. 어차피 이동하는 것은 예전에는 가마가 있다면 지금은 자동차가 있기 때문이다. 바람이 약간 불었지만 날이 맑아서였는지 반짝이는 빌딩과 자동차 헤드라이트, 가로등 들은 밤 하늘에 박힌 별들의 빛을 가리기에 충분했다. 산이 많은 카오룽 반도에 세워진 성냥갑 같은 빌딩들은 빼곡하게 숲을 이루고 있었고 그 전경을 내려다보는 우리 가족에게는 홍콩의 모습이 경이롭게 느끼기에 부족함이 없었다. 한참을 구경한 후 내려와 홍콩역 근처 센트럴 선착장에서 스타페리를 탄 다음에 기우뚱거리는 배 안에서 빅토리아만을 지날 때까지 홍콩 섬의 야경을 계속 눈에 담았다. 그리고 우리의 잠자리가 있는 침사추이로 돌아왔다. 침사추이에서 다소 늦은 저녁 식사를 하고 호텔로 돌아왔다.

빅토리아 피크에서 바라본 홍콩 야경

스타페리 선착장

하루 종일 아기띠를 매고 다니기에 어깨 부근이 조금 뻐근하기도 했지만 그리 무겁지 않은 몸무게 때문에 괜찮게 다닐 수 있었다. 오히려 아이가 걷지 않고 이렇게 안고 다니는 것이 속 편하게 느껴지기도 했다. 걷기 시작하면 어디론가 갈 것 같고, 가다가 다칠 것 같은 기분이 들었다. 아기띠를 쓸 수 없을 때가 되면 뭔가 안기만 할 수도 걷기만 할 수도 없는 상황이 되니 팔로 안아야 해서 더 힘들 듯했다. 밖에 있는 내내 아기띠를 집 삼아서 잘 있는 아이에게 고마웠다. 이렇게 무사히 둘째 날이 저물어 갔다. 내일부터는 홍콩을 떠나 마카오로 가기 때문에 일찍 잠자리에 들기로 했다.

홍콩의 낮

홍콩의 밤

# 甛蜜蜜에서 賭神으로

2015년 1월 12일(3일째)-마카오 세나도 광장 일대

일국양제의 홍콩

고작 이틀밖에 없었는데 아침에 눈을 뜨고 창밖을 바라보면 간판이 가득한 홍콩 거리가 익숙해 보였다. 어느새 정겹게 느껴지는 홍콩을 떠나 마카오로 가는 날이다. 아침 일찍 다들 일어나 호텔 앞에 있는 식당에서 달걀 프라이와 식빵, 커피로 식사를 간단하게 한 후 짐을 싸고 체크 아웃을 했다. 거리는 다소 쌀쌀하게 느껴졌지만 새로운 곳으로 이동하는 설렘으로 가득한 마음 덕분인지 홧홧해진 기운을 갖고 마카오로 가는 페리 선착장으로 이동했다. 나는 아기띠로 아이를 안고 한 손으로 캐리어를 끌고 거리로 나왔다. 캐리어는 내가 끌고 가기도 하고 아내가 끌고 가기도 하고 그랬지만 아이만큼은 이동할 때 무조건 내가 안고 갔다. 아내는 아이가 보채면 달래주기도 해야 하고 배고프면 모유 수유도 해야 해서 다닐 때만큼은 신경 쓰게 하고 싶지 않았다. 하루 종일 아이를 안고 다녀야 했지만 다행히 아기띠가 있어서 참 편리했던 여행이었다. 조금만 더 크면 사용할 수 없는 아기띠인데 안고 다니니 양손이 자유로워 다니기가 훨씬 편하고 좋았다.

페리 선착장은 페닌슐라 후문부터 켄톤 로드(廣東道, Canton Road)를 따라 스타의 거리 반대편으로 쭈욱 걸어가야 등장했다. 켄톤 로드하면 빠질 수 없는 홍콩 영화가 '첨밀밀(甛蜜蜜)'이다. 중국의 농민공으로 돈을 벌기 위해 화려한 홍콩으로 온 남자 여명과 역시 중국 본토 출신이면서 부자를 꿈꿨던 여자 장만옥의 러브 스토리가 현실의 벽에 부딪혀 홍콩의 정신없는 네온사인에 사라지는 듯한 모습이 여운을 남겼던 영화 '첨밀밀'에서 여명이 장만옥을 자전거에 태우고 이 명품이 즐비한 켄톤 거리를 지나가는데 그때 등려군의 노래가 나오면서 영화 내내 감성을 부여잡는다. 이내 30분 전부터 탑승이 가능하다 하여 그에 맞춰 도착하기 위해 바삐 움직이는 평일 아침의 출근길에 일터로 가는 사람들을 따라 켄톤 로드의 화려한 명품 가게들을 세워두고 부지런히 발걸음을 놀려 선착장에 도착했다.

같이 잠들었지만 상태는 다른 아이와 아내

아침 7시 30분에 도착해 수속 절차를 밟은 다음 배에 탔다. 홍콩에서 마카오까지는 1시간 정도가 걸린다고 했다. 배가 많이 흔들릴 것 같아서 다들 어서 잠이나 잤으면 하는 표정들이었다. 그렇게 크지 않는 유람선 정도의 배라서 그런지 출발하기 전이나 출발하고 나서도 흔들림이 많이 느껴졌다. 멀미가 걱정되었지만 다행히 이때 잠들어 준 아이가 너무 고마웠다. 새근새근 잘 자는 아이와 다르게 나는 어지럼증에 가는 내내 불편함을 느껴서 어서 마카오에 도착하기만을 바랬다. 홍콩과 함께 묶어서 여행을 많이 다니는 마카오는 홍콩보다 훨씬 작은 규모여서 우리는 하루만 묵기로 했다. 하루만 있기에 날씨가 좋았으면 하는 바람이 있었는데 그런 마음을 몰라주는지 페리의 유리창 밖으로는 비가 보슬보슬 내리고 있었다. 이윽고 도착한 도박의 도시, 마카오에는 주윤발이 영화 '도신(賭神)'처럼 멋진 턱시도 복장을 하고 거리를 걸어가고 있을 것만 같았다.

건설 중인 마카오 카지노 호텔들

마카오(澳門, Macau)는 홍콩처럼 중국의 특별행정구이다. 하지만 인구가 800만 명에 가까운 홍콩과는 다르게 60만 명 정도로 작은 도시이다. 그래서 중심가는 걸어 다닐 수 있는 수준이었다. 예전 포르투갈의 식민지였다가 홍콩보다는 2년 늦은 1999년 12월 20일에 중국으로 귀속되고 특별행정기구로 지정되었다. 마카오하면 떠오르는 것이 중국의 라스베이거스, 중국 안의 유럽이라고 불리는 작은 도시 이미지이다. 기실 이미 카지노 수입 규모로는 라스베이거스를 앞지른 지 오래인 명실상부 아시아를 넘어 세계 으뜸가는 도박의 도시인 것이다. 대개는 홍콩 옆에 붙어 있는 카지노 도시라는 인식이 강한 도시이지만 포르투갈의 식민지 시절이 있어서인지 곳곳에 유럽 양식의 건축물과 문화재가 산재해있었다. 그 유명한 성 바울 성당, 세나도 광장이 있고 골목 곳곳에도 유럽이 물씬 느껴졌다. 물론 중국풍의 건물도 많은 도시였다. 디저트를 좋아하는 아내는 마카오 하면

에그타르트를 제일 먼저 외쳤다. 홍콩에서도 에그타르트를 사 먹었지만 포르투갈의 에그타르트를 맛볼 수 있다며 마카오 여행에 기대감을 표시했다. 마카오 터미널에 도착해서는 먼저 호텔 버스를 타고 세나도 광장으로 가기로 했다. 작은 도시이니만큼 이동하는 데에는 큰 시간이 걸리지 않았다. 세나도 광장까지 무료로 운영되는 호텔 버스로 도착했을 때 비는 계속 마카오를 적시고 있었다.

세나도 광장에서 비를 맞으며

세나도 광장은 마카오를 홍보할 때 반드시 등장하는 장소이다. 중국의 유럽이라고 불리는 마카오에서 세나도 광장은 그 중심에 위치한다. 세나도(Senado)라는 뜻은 포르투갈어로 의회를 일컫는다. 작은 광장이지만 빗방울로 촉촉하게 적셔진 광장 바닥은 더욱 그 색깔을 선명하게 보이고 있었다. 포르투갈의 돌을 깔아 만든 물결무늬가 아름다운 광장을 지나가는 많은 사람은 저마다 형형색색의 우산을 들고 광장의 모습을 눈에 담았다. 홍콩에서 넘어온 지 1시간밖에 되지 않는데 유럽에 온건 아닌지 하는 생각이 들 정도로 색다른 모습이었다. 아직은 오전이라 배가 고프지 않아 이 근처를 둘러보고 호텔에 들어가 체크 인을 하기로 했다. 세나도 광장 주변에는 옛 식민지 시절의 건물들이 즐비해 유럽 감성을 느끼기에 충분했다. 비가 오고 있어서 아이를 안고 우산을 쓰고 다니는 게 조금 불편하긴 했지만 동생 점퍼로 앞을 가리고 다니니 아이에게 비도 막고 추위도 막을 수 있었다.


먼저 성 도미니크 성당을 둘러보았다. 1587년 스페인 도미니크 수도회에서 지었다는 성당은 마카오 최초의 성당으로 400년이 훌쩍 지난 지금에도 보존이 잘 되어 있었다. 우리나라 성당과는 다른 따뜻한 느낌을 주는 파스텔톤 베이지색이 칠해져 있고 녹색 창문, 대문이 있어서 들어가 보니 경건하게 기도하고 있는 사람들이 있었다. 찾아보니 1997년에 복구되어 현재까지 보존이 잘 되고 있다고 한다. 성당을 둘러본 후 세나도 성당과 더불어 마카오의 상징인 성 바울 성당 유적을 보러 가기로 했다. 가까운 거리라서 광장에서 10분도 채 걸리지 않는 거리였지만 갈수록 많아지는 여행객들과 좁은 길, 비가 오는 통에 여유를 부릴 수는 없었다. 성 바울 성당 유적으로 가는 길에는 에그타르트와 더불어 마카오의 명물 음식인 육포를 파는 곳이 많았다. 육포는 우리가 익히 알던 육포와는 다르게 두툼하고 향도 좀 있어서 씹는 맛과 감칠맛이 남달랐다. 육포와 아몬드 쿠키 향이 가득한 비 오는 골목길을 지나 나왔을 때 성 바울 성당 유적이 모습을 드러냈다.

육포 거리

성 바울 성당 유적은 예수의 사도인 바울을 위해 지어진 것으로 현재는 앞모습만 남아있다. 오히려 그 앞모습만 남은 것 때문에 더 유명해지고 세계적으로 주목을 받고 있다고 생각한다. 성당은 17세기에 지어졌는데 지어질 당시 크리스트교가 널리 퍼지지 않은 아시아에서는 굉장히 크게 지어진 성당이라고 했다. 근처에 있는 성 바울 대학 역시 지어질 때 동아시아의 첫 유럽 스타일의 대학이라고 알려저 이곳이 크리스트교 전파의 최선방이었다는 게 실감 났다. 현재의 모습이 된 것은 1835년 화재로 인한 것으로 이때 지금 성당 앞모습과 그 일부가 남게 되었다고 한다. 전체 복원을 했어도 멋졌겠지만 이렇게 앞모습만이라도 굳건히 남아 마카오를 지키고 있는 것도 나쁘지 않은 듯하다. 우리가 갔을 때는 비가 내리고 있어서 청명한 하늘 밑에 있는 성당 유적이 아니라 아쉽긴 했다. 산개되는 빗방울이 안개처럼 뿌옇게 우리 주변을 감싸고 있어서 성당 유적이 잘 안 나왔지만 패딩으로 감싸 안은 아이를 품에 안고 이곳에 온 기념을 남겼다.

성 바울 성당 앞에서

그리고 인근 몬테 요새에 올라서 마카오 시내를 내려다보았다. 몬테 요새는 17세기 초에 만든 포르투갈의 요새인데 지금은 공원으로 남아 마카오 사람들과 우리 같은 여행객들에게 마카오 전경을 보여주는 역할을 하고 있다. 1662년 네덜란드가 호시탐탐 마카오를 노리고 공격해왔는데 예수회 선교사들과 더불어 수적 열세였던 마카오 군인들이 합심하여 물리쳤던 곳이라고 한다. 그렇게 구경을 한 후 다들 출출함을 느끼고 몸도 따뜻하게 녹이고자 광장 쪽에 있는 식당에서 점심을 먹었다. 그리고 호텔로 가기 위해 택시를 잡았는데 비가 와서 사람들이 다 택시를 타는지 1시간 가까이 거리에서 서성거리다가 겨우 잡아서 호텔로 갈 수 있었다.

작은 유럽과 대비되게 카지노 도시로도 명성이 드높은 도시기에 우리가 묵은 호텔 역시 라스베이거스처럼 상대적으로 저렴하면서도 스위트룸에 시설은 매우 좋았다. 9명이라는 대가족이 움직이기에 이런 스위트룸에서 함께 묵는 것도 특별한 경험이었다. 지하에는 이탈리아 베네치아를 똑같이 옮겨놓은 듯이 꾸며놓아서 이런 광경을 처음 본 우리는 놀라움을 금치 못했다. 천장의 하늘이 진짜 하늘인 듯 보였고 밑에는 곤돌라도 돌아다니고 있었다. 이렇게 좋은 가격으로 묵을 수 있었던 것은 밑에 카지노가 있기 때문에 그렇다는 생각이 들었다. 부대시설이 많은 초대형 호텔이기에 우리는 비가 내려 아이를 데리고 다니기 조금은 불편한 날씨를 피해 호텔 안에서 돌아다니며 즐기기로 했다.

호텔 산책

인생 첫 초콜릿 아이스크림

체크 인을 하고 짐을 푼 다음 우리 부부와 아이는 다른 가족들과 나뉘어 기웃기웃 거리며 산책을 했다. 호텔 안에는 카지노와 더불어 쇼핑몰도 잘 갖춰져 있어서 이곳을 돌아다니며 구경하는 재미도 쏠쏠했다. 안에는 따뜻했기에 아이스크림도 사서 살짝 아이가 맛보기도 했다. 인생 첫 아이스크림을 맛본 아이의 눈은 당연히 휘둥그레지며 열렬히 아이스크림을 찾았다.

마카오에 와서 카지노에 들어가 한번 당기고 싶은 마음이 들었지만 우린 아이가 있어서 우리 부부는 호텔 부대시설을 활용하며 카페도 가고 가게도 들어가 구경도 하면서 보내고 어른들은 마카오의 밤을 느끼러 가기도 했다. 대가족이 움직이니 같이 다닐 때도 있지만 이렇게 시간을 두어 각자 따로 다니는 시간을 두는 것도 좋은 시간 활용법이었다. 저녁 식사는 호텔 지하에 있는 식당가를 찾아서 식사를 했다. 비가 와도 아이가 없으면 밖으로 나가 구경하거나 맛집을 찾거나 했겠지만 아이를 데리고 다녀야 해서 이런 상황에서는 장소에 맞는 기회비용이 발생할 수밖에 없었다. 이렇게 여행의 셋째 날, 마카오의 첫째 날이 저물어 갔다.

페리 선착장

지하 세계가 있던 호텔 내부

성 도미니크 성당

성 바울 성당

# A Better Tomorrow

2015년 1월 13-14일(4-5일째)-하버시티, 란콰이퐁

우리 가족에게 있어서 처음 누려보는 넓은 호텔 방에서 일어나 여유롭게 아침을 맞이했다. 카지노가 즐비한 마카오의 행운을 잡고 싶은 욕망은 아이가 있다는 핑계로 대박의 꿈은 사라졌지만 행복한 여행의 4일째가 되었다. 밤새 편안한 잠을 청할 수 있었던 호텔에도 역시 카지노가 지하에 거대하게 자리 잡고 있었다. 마카오에서 카지노가 합법화된 것은 1964년이다. 현재는 마카오 재정의 70% 정도를 카지노 산업이 차지하고 있다고 하는데 그러다 보니 마카오 시내로 들어오면서 갖가지 모양의 호텔들이 거대하게 자리 잡고 있었고 공사 중인 호텔들도 많아 보였다. 천만 관객이 선택한 영화로 우리에게 유명한 영화 '도둑들'(2012)에서 등장하는 배경지가 이곳 마카오였다. 우리는 카지노 슬롯머신을 돌리는 대신 드넓은 호텔 방에서 아이와 함께 여유를 만끽하며 호텔 안에서 아침 식사를 했다. 그리고 호텔 안을 돌아다니며 시간을 보내다가 체크아웃을 했다.

홍콩으로 가는 페리

밖은 비는 그쳤지만 찌뿌둥한 하늘의 모습을 간직한 채 잔뜩 흐려있었다. 호텔에서 페리 선착장까지 호텔 버스를 타고 이동했다. 바로 탑승 수속을 하고 30분 전 페리에 올라탔다. 마카오에서 홍콩까지 걸리는 시간은 역시 1시간 정도로 오후 1시 30분에 출발한 배는 2시 30분이 되자 홍콩에 도착했다. 이날도 날씨가 흐렸기에 짧은 마카오에서의 1박 2일은 비가 내려 색감이 선명했던 유럽식 거리, 광장, 성당과 거대한 호텔 안의 기억이 전부였다. 아이가 있으니 밖에 나가서 돌아다니는 게 사실 부담스러웠던 날씨였다. 빗방울이 밤사이에는 조금 거칠어지고 바람도 불어서 쌀쌀한 날씨였기 때문이다. 아이는 다행히 아픈 곳 없이 페리를 탔다. 배 안에서도 똑같이 잠을 자서 배멀미나 칭얼거림 없이 홍콩으로 발을 내디뎠다.

흔들리는 편안함

홍콩도 날씨는 흐리기 마찬가지였다. 그래도 비가 내리지 않은 것에 대해 감사했다. 먼저 호텔로 가서 체크 인을 하고 짐을 풀었다. 그리고 다소 늦은 점심을 먹기로 했다. 다들 흐린 날씨 속에서 뜨끈함이 필요했기에 완탕면을 먹기로 했다. 완탕면은 내가 사랑하는 요리 중 하나인데 면 요리를 좋아하는 나에게 홍콩 음식 중 무조건 상위권 음식이었다. 모처럼 맛집을 검색해서 완탕면 가게에 들어가 다들 주문을 했다. 얇은 피에 묵직한 만두소가 들어있는 만두와 고기, 진한 국물이 있고 간이 세지 않아서 그런지 다들 호호 불며 맛있게 먹었다. 물론 아이는 아직 먹질 못했다. 이런 외국 음식을 즐기는 것도 여행의 큰 즐거움인데 아이에게 있어서 이런 즐거움과 기억을 남기려면 아직 몇 년은 더 기다려야 했다. 몸을 든든히 채우고 난 뒤 오후 시간은 가족끼리 나눠서 각자 쇼핑도 하고 개인 시간을 가지기로 했다. 그래서 나와 아내, 아이 1팀, 어머니와 남동생 1팀, 막내 외삼촌네 1팀 해서 저녁 먹기 전까지는 자유시간을 만끽했다.

홍콩 최고의 요리 완탕면

동생 패딩으로 싸맨 아이

나와 아내는 페리를 타고 하버 시티로 가서 스카이 라인을 갈수록 화려하게 만드는 홍콩의 빌딩들을 구경하기도 하고 MTR을 타고 센트럴 역으로 가서 홍콩 거리를 걸었다. 아이는 아기띠 안에서 얌전히 홍콩의 야경을 말없이 바라보았다. 홍콩은 교통 시설이 다양해서 버스, 지하철 외에 이층 버스, 전차, 페리 등도 있어 타볼 수 있었던 좋은 경험을 했다. 여행을 와서 새로운 것을 보는 것도 좋지만 아내와 아이와 함께 걸으면서 보내는 시간이 소중했다. 아이는 품에 안겨서 얌전히 잘 있었다. 약간의 기념품과 간식을 산 후에 저녁 먹기 위해 란콰이퐁으로 갔다. 란콰이퐁에는 맛집, 카페 등이 많은데 그중에서 마지막 홍콩의 밤을 보내기 위해 다 같이 훠궈를 먹기로 했다.

맛집을 찾아서 간 훠궈 가게는 굉장히 넓고 사람들이 많았다. 이때까지 9명이나 되는 대가족 중에서 훠궈를 먹어본 사람은 아무도 없었고 샤부샤부와 같은 음식이라고만 알고 있어서 다들 기대감이 있었다. 먼저 주문을 받는데 매운 냄비와 일반 냄비로 해서 시켰다. 음식은 죄다 중국 간체자로 적혀 있어서 다들 당황했다. 뭐라고 하는지 알 수가 없어서 일단 종업원에게 추천을 받았다. 이윽고 음식이 나왔는데 만두, 고기, 어묵, 채소, 옥수수, 햄 등이 나와서 나쁘지 않은 선택이었다. 사람들도 많고 다소 요란스럽게 들리는 광둥어 소리가 귓가에 맴돌고 보글보글 끓고 있는 훠궈 음식을 중간에 놓고 둘러앉아 젓가락질을 바삐 했다. 역시 마지막 밤의 마지막 저녁 식사의 선택은 탁월했다. 가운데 큰 냄비를 놓고 이것저것 넣어 먹으면서 다들 기분 좋게 식사하고 여행에 대한 마무리를 이야기했다.

즐거웠던 훠궈 파티

처음 이렇게 가게 되어 많은 사람들을 챙겨야 하는 입장에서 부담이 다소 되었는데 밥 먹을 때나 카페에서 차 마실 때, 숙소에서 쉴 때에 돌아가며 어른들이 아이를 봐주고 동생들은 놀아주기도 해서 이에 대한 장점도 있었다. 대중교통만으로 이동을 하게 되니 서로 챙겨서 다녀야 했지만 무사히 이동하고 다녀서 좋은 추억을 만들었다. 가보지 않은 곳을 이렇게 가족들과 함께 간다는 것이 소중했고 무엇보다 첫 대가족 여행이면서 아이와 함께 한 여행인데 다행히 아프지 않아서 감사했다. 물론 안타까운 점은 있었다. 아내가 피크 트램을 타고난 뒤 핸드폰을 잃어버렸기 때문이다. 한국에 돌아가면 새로 장만하기로 했다. 여행에 있어서 돌발 상황은 생기기 마련인데 그래도 전반적으로 걱정보다는 즐겁게 끝난 여행이었다. 이렇게 여행의 밤이 마무리되었다.

홍콩에서의 마지막 꿀잠

밤이 지나 아침이 되자 거짓말처럼 우중충한 하늘은 저 너머로 사라지고 햇살 쨍쨍한 파란 하늘이 홍콩을 담고 있었다. 호텔에서 공항을 가기 위해 짐을 챙겨 내려오면서 괜히 안타까운 마음이 들었다. 마지막 가는 날에 날씨가 이렇게 맑다니 말이다. 체크 아웃을 하고 셔틀버스를 이용해 홍콩 역으로 갔다. 그리고 공항 철도를 통해 공항에 도착했다. 수속을 밟고 비행기에 몸을 실어 청명한 하늘을 가로질러 인천 국제공항에 도착했다. 무사히 첫 여행이 끝났다. 이번 여행에 있어서 우리에게는 처음 떠난 대가족 여행이었고 아이와 함께 한 첫 해외여행이었지만 아이에게는 솔직히 기억에 전혀 없을 것이다. 여행을 가고 후에 기억을 하려면 시간을 조금 더 두고 기다려야 할 것이고 이번 여행은 단지 사진 속에만 존재하는 여행이겠지만 이렇게 사진, 글로 남아 기록으로 담겨 아이에게 전해지면 이 또한 소중한 기억으로 만들어질 것임에 확신했다. 우리 부부에게 있어서도 가족 여행을 준비하면서 첫 도전에 대한 자축이 되었고 건강하게 여행 다녀온 아이에 대해서도 감사함을 전한다. 그리고 우리가 이렇게 행복한 여행을 한 이후 홍콩은 민주화 운동으로 큰 진통과 아픔을 겪어야만 했다. 새로운 국가 체제 속에서 살아가는 홍콩 시민들의 꿈이 온전히 피어날 수 있기를 기도한다.

마지막 홍콩 야경

영화에서 본 듯한 홍콩 거리

I ♥ HONG KONG

무사히 도착

# 류큐인을 만나러 갑니다

만 1살 아이와 오키나와 준비

우리나라는 밖에 나가면 차디찬 두 손이 시려서 입김을 불어야만 되는 시기가 되었다. 한겨울의 매력도 있겠지만 추운 것을 별로 안 좋아해서 겨울에는 따뜻한 곳을 찾게 되는 나와 아내는 우리나라보다 따뜻한 나라 여러 곳을 찾아보면서 여행 갈 곳을 골랐다. 지도를 펼쳐놓고 괌, 사이판, 오키나와, 타이완, 다른 동남아시아 국가들을 생각하면서 우리나라에서 그렇게 멀지 않지만 가족이 편안하게 여행할 수 있는 곳을 찾아보았다. 이번에도 지난번 홍콩, 마카오 여행처럼 외삼촌네와 함께 여행을 하기로 해서 대가족이 움직이게 되었기 때문이다. 아이 포함해서 9명이 움직이는 여행이기 때문에 고려해야 할 사안들이 많았다. 일단 전체가 움직이기 때문에 돌발 상황이 발생했을 때 대처하기 좋아야 했다. 그리고 단순 휴양이 아닌 뭔가 구경하고 찾아갈 수 있는 것들이 있어야 했다. 음식은 말할 것도 없이 호불호가 없는 전체적으로 수준 있는 곳이어야 했다. 일단 온난한 지역을 가고 싶어 했으니 후보에 오른 나라 중에서 문화적인 이해도와 먹을 것, 이동 거리, 편의성 등을 고려해서 선택한 것은 오키나와였다.

일본 오키나와는 내가 일본에서 유학하던 시절에도 가고 싶던 꿈의 장소였다. 일본 뉴스에서 보면 항상 겨울에 야구선수들이 훈련 캠프를 가는 따뜻한 지역으로 겨울에도 온도가 20도를 넘는 날씨여서 추운 것보다는 더운 것을 좋아하는 나에게 더할 나위 없이 가고 싶은 곳이었다. 그리고 음식도 맛 좋은 것들이 많았고, 류큐 왕국이 있었던 유구한 역사를 자랑하는 곳이었기에 볼만한 곳도 많았다. 마지막으로 제2차 세계 대전에 일본 영토였지만 본토에서 차별받고 강제 희생이 된 역사가 있었고, 현재는 미군 기지가 있어서 다른 의미의 차별을 가지고 있는 아픔이 있는 곳이기도 했다. 여행을 같이 가는 가족들은 일본이라고 했을 때 불안한 마음을 가졌다. 왜냐하면 2011년 3월 11일에 일어난 동일본 대지진으로 인해 후쿠시마 현에 위치한 원자력 발전소에 큰 사고가 있어서 이에 대한 걱정이 있었기 때문이다. 더군다나 아이를 데리고 가는 여행이어서 우려가 있었지만 오키나와는 도쿄에서 거리를 잰다면 1,500km 정도 떨어져 있고, 가까운 가고시마여도 약 550km가 차이나는 거리에 있어서 일본 본토와는 정말 멀리 떨어진 지역이고 푸른 바다 한가운데 있는 진주 같은 섬이기 때문에 이번 여행지로 결정되었다.

오키나와는 역사적으로 아픔이 많은 지역이다. 류큐 왕국이라는 독자적인 나라가 있었고 류큐 사람들이 살던 고유한 지역이었지만 중국 명, 청나라에 조공을 바치면서 책봉 받던 국가이기도 했으며 1609년 일본 사츠마 번의 공격을 받고 그들에게 또 다른 조공을 바치는 아픔이 있었다. 그리고 일본 메이지 유신 이후 일본에 강제 합병되기 이른다. 류큐 왕국은 아스라이 사라지고 오키나와 현으로 이름이 바뀌면서 일본 제국 아래 하나의 지역으로 편입되는데 이들의 최대 아픔은 제2차 세계 대전 당시 태평양 전쟁으로 미군의 공격 전에 일본에서 옥쇄를 강요하여 집단 자살하도록 하거나 단순한 총알받이로 사용하려고 했던 일이 있었다. 본토에서 떨어진 특성상 우리나라 제주도와도 자주 비교가 되기도 한다. 제주도 역시 육지라고 칭하는 한반도에서 멀리 떨어진 지역이고 예전에는 탐라국이라 불리던 고유한 국가가 있었다. 백제 시대부터 한반도의 영향을 받기 시작해 고려 시대 이후에는 완전한 지방으로 간주되어 조선 시대에는 전라도의 관할 아래 제주 목사가 파견되었다. 당시 험준한 바닷길 때문에 귀양지로도 유명했다. 제2차 세계 대전 당시 전쟁 대비로 땅굴도 많이 파놓았고 이후 내부적인 강압에 의한 큰 아픔이 있던 지역이기도 하다. 그래서 제주도를 보면 오키나와가 생각나고 오키나와를 떠올리면 제주도가 그려졌다. 45년 해방 이후 48년 미군정기를 거치고 대한민국 정부가 수립되어 그 영역 안이던 제주도와는 달리 오키나와는 1972년까지 미국의 점령을 받았고 지금도 미군 기지가 있다. 일본 도쿄에 있는 사람들이 일으킨 전쟁인데 그 끝나지 않는 피해를 제일 멀리 떨어진 오키나와 사람들이 받고 있다니 참 아이러니했다. 일본 유학 당시 대학 전공 수업에서 오키나와 이야기를 하면서 교수님께서 오키나와는 본토 방송이 나오지 않아서 녹화해서 보곤 했다는 말이 기억났다.

아열대 기후의 최전선으로 열대 기후의 모습도 보이고 있는 오키나와는 연중 내내 따뜻한 날씨를 자랑한다. 한 겨울에도 온도가 20도 아래로 내려가는 경우가 거의 없지만 대신 우기라서 비가 많이 내린다. 한여름인 7, 8월에는 상당히 후덥지근하면서 9월부터는 종종 태풍이 올라와서 폭풍우가 몰아치기도 한다. 우리가 여행을 가는 겨울은 따뜻하지만 비가 자주 내려서 그에 대한 대비를 해야 했다. 혹시나 비 때문에 아이가 감기 걸릴 수 있기 때문이다. 그리고 오키나와는 대중교통이 발달 된 일본 본토와는 달리 지하철도 없고 버스를 타는 것은 많은 인원이 움직일 때 불편했기 때문에 자동차 렌트를 하기로 했다. 해외에서 처음 렌트를 해서 다니게 되어 걱정이 되었다. 운전을 하기 위해서는 일단 국제 면허증이 필요했기 때문에 경찰서 민원으로 면허증을 발급받았다. 처음 발급받다 보니 어떻게 해야 할지 몰라서 인터넷으로 미리 찾아보고 갔다. 사진과 면허증 제시하니 바로 발급해주기 때문에 발급이 어렵지는 않았다. 종이로 제작된 1년 기간의 국제 면허증을 손에 쥐니 벌써 여행 간 기분이 들었다. 그리고 한국에서 미리 렌트카 회사 사이트를 통해 예약을 했다. 인원이 나와 아내, 아이, 어머니, 남동생, 사촌 여동생 2명, 외삼촌, 외숙모까지 9명이었기 때문에 두 대의 차량을 예약했다. 우리나라와는 다르게 통행이 반대 방향이라 이에 대한 걱정이 가장 컸다. 그래도 천천히 운전하면 되겠지 하는 생각을 가지고 떠나게 되었다.

내가 제일 기대했던 것은 오키나와의 문화, 기후도 좋지만 요리였다. 요리에 관심이 많아서 가기 전부터 몇 가지 먹어야 할 요리들을 찾아보았다. 오키나와 요리는 제주도와 겹치는 것이 많은데 가장 대표적인 것이 제주의 고기 국수와 비슷한 오키나와의 소바였다. 유명한 오키나와 소바처럼 돼지고기를 활용한 요리가 많은데 그것은 일본 본토가 불교의 영향을 고기 섭취를 금지하거나 자제했던 것과 달리 오키나와는 딱히 그런 풍습이 없었기 때문이다. 소바를 비롯해 라후테라는 동파육 비슷한 돼지고기 조림이 있고 고야 참프루라는 고야와 두부를 활용한 채소 요리가 유명하다. 술은 수입한 안남미를 가지고 만든 아와모리(泡盛)라는 증류주가 대표주자이다. 오키나와의 토양은 석회암 지대로 논농사에 적합하지 않다. 이건 현무암이 많아서 논농사가 어려운 제주도와 비슷했다. 그리고 맥주로는 오리온 맥주가 로컬 맥주로 유명해서 어느 식당을 가도 이 오리온 맥주가 있었다. 제주도에 한라산 소주가 있다면 오키나와에는 오리온 맥주가 있는 셈이다.

더운 날씨 속에서 며칠 생활할 것을 생각하니 다들 기분이 좋았다. 특히 오키나와는 나에게 있어서 가장 가고 싶은 일본 여행지 중 하나였기 때문에 더욱 기대가 되었다. 배냇머리가 길게 자란 아이는 여전히 어딜 가는지, 무얼 하는지 모르지만 튼튼한 두 다리로 걸어 다닐 수 있어서 예전 홍콩과 마카오를 갈 때처럼 아기띠는 필요하지 않았다. 걷다가 힘들어하면 안아주고 하는 때라 아이에게 있어서 마음껏 뛰어놀 수 있는 곳으로 가기 때문에 이 역시 기대가 되었다. 아내는 일본은 한 번도 가보지 않아서 이번이 첫 일본 여행인데 이번 여행에서는 전적으로 나에게 통역이나 진행을 맡긴 상황이라 홍콩, 마카오에서 가이드 역할을 한 아내의 바통을 이어받아 이번 여행을 이끌게 되었다.

# 비 내리는 류큐의 거리

2016년 1월 8일(1일째)-나하 국제공항, 슈리성, 국제 거리

다시 대가족이 함께하는 여행의 날이 밝았다. 내가 사는 도시에서 차를 몰고 인천 국제공항까지 아침 일찍 출발해서 여유 있게 도착했다. 저번에 한 번 가봐서 그런지 어느 정도 익숙한 풍경과 거리의 모습이 보였다. 아직은 어두컴컴한 고속도로를 달리면서 오랜만에 가는 일본 여행에 대한 설렘을 희미해지는 별빛에 남겨보았다. 일본에 유학 생활을 하면서 산적도 있었지만, 우리나라에서 졸업 후 취직하고 얼마 지나지 않아 동일본 대지진이 일어났기 때문에 그 이후에는 사실 가볼 엄두를 내지 못했다. 이런저런 이유로 인해 가는 것이 망설여졌는데 저 멀리 남국의 태양이 이글거리는 오키나와를 가게 되어 설렌 기분을 감출 수 없었다.

출근길로 붐비기 시작한 고속도로를 빠져나오고 아침 9시쯤 인천 국제공항에 무사히 도착해서 주차를 하고 티켓팅을 한 다음 11시 30분 비행기에 탑승했다. 그전에 일본 화폐로 환전도 하고 데이터 로밍도 확인했다. 이제 만 1살, 한국 나이로는 3살이 된 아이는 아직 여행이 뭔지 모르지만 많은 가족과 함께 있으니 기분 좋아하면서 울지도 않고 잘 탔다. 구름 한 점 없는 화창한 인천 국제공항에서 일본 오키나와 나하 국제공항까지는 비행시간으로 2시간 30분 정도 걸렸다.

나하 국제공항에 무사히 도착

오키나와 나하 국제공항은 오키나와 제도(沖繩諸島)의 허브 공항으로 가장 큰 규모를 가지고 있었으며 나하로 들어가는 관문 역할을 했다. 오키나와 제도는 사람이 거주하는 섬으로만 계산하면 40여 개의 섬으로 이루어져 있었는데 대부분 사람이 오키나와 섬에 살았다. 오키나와 현(沖繩縣)의 전체 인구가 140만 명 정도였는데 그중 120만 명 정도가 나하(那覇)(인구 35만 명)를 중심으로 오키나와 섬 중남부에 살고 있었다. 제주도의 전체 인구가 70만 명에 못 미치고 제주시에 60만 명 정도가 사는 것을 생각하면 그보다 규모가 크다 할 수 있겠다. 물론 본섬의 크기는 제주도가 약간 더 크다. 인천 국제공항에서 탑승하기 전에 면세점 거리에서 샀던 샌드위치를 안 먹고 공항에 가지고 내렸는데 탐지견이 그걸 어떻게 알았는지 우리 쪽으로 와서 냄새를 맡아보는 통에 샌드위치는 그대로 반납해야 했다. 우린 국제선에서 내렸는데 입국 수속을 위해서 셔틀버스를 타고 국내선 빌딩으로 이동하고 거기서 2층에서 모노레일에 탑승했다. 밖으로 나왔을 때 나하시에는 비가 내리고 있었다. 겨울비였지만 오히려 따뜻하게 느껴지는 비였는데 우산이 없었던 우리는 편의점에서 비닐우산을 사서 나눠 쓰면서 거리를 걸었다. 아내는 처음 와보는 일본의 깨끗한 거리가 인상 깊었는지 그 이야기를 자주 했다. 우리나라도 거리가 깨끗하긴 마찬가지지만 일본의 거리는 비가 와서 그런지 더 깨끗한 느낌을 받았다.

슈리성 정전 앞에서

나하 시내에 있는 호텔에 들러 먼저 체크 인을 하고 짐을 놓은 다음 가벼운 발걸음으로 첫 번째 둘러볼 곳을 가기로 했다. 첫 번째 둘러

볼 곳은 오키나와의 세계문화유산인 슈리성(首里城)이었다. 오키나와는 1879년 일본에 복속되기 전에 류큐 왕국이라는 독자적인 문화를 가진 국가였다. 그전에 사실 중국의 명, 청나라에 조공을 바치기도 하고 우리나라와는 고려, 조선 때 조공을 바치거나 교역을 하기도 했지만 대체적으로 큐슈의 실력자였던 시마즈 가문의 영향 아래 있다가 그때 침략당해서 완전히 일본으로 복속되어 현재 오키나와 현이 된 것이다. 우리가 가고자 했던 슈리성은 류큐 왕국의 왕이 거주했던 성으로 붉은 성벽이 인상적이었다. 사실 슈리성 자체는 세계문화유산으로 인정받지 못하고 있다. 슈리성이 세계문화유산이라고 생각하는 것은 2000년 구스쿠 유적 및 류큐국 유적이라는 이름으로 그 터가 세계문화유산으로 등재되었기 때문이다. 대부분 이 사실을 모르는데 슈리성은 철저히 파괴되어서 재건한 건축물이다. 슈리성은 본래 류큐 왕국의 왕궁이자 거성인 구스쿠(ぐすく)인데 마지막 왕이었던 쇼타이 왕이 도쿄로 압송되고 류큐 왕국 대신 오키나와 현이 설치되는 폐번치현 과정에서 완전히 왕궁의 역할을 잃게 되었다.

안내원 아저씨와 담소

1933년에 일본의 국보가 되었고 제2차 세계 대전 당시에 일본군이 주둔하고 있다가 죄 없는 오키나와 사람들을 엄청나게 희생시킨 오키나와 전투로 인해 전쟁의 소용돌이 속에서 미군 함대의 포격으로 완전히 파괴되었다. 이때 많은 문화재가 불타거나 소실되었고 이후 슈리성의 터에는 류큐 대학이 세워지게 된다. 그러기 때문에 슈리성 자체보다는 그 터가 세계문화유산으로 등재된 것이다. 그리고 1979년에 류큐 대학이 이전하게 되고 본토 반환 20주년을 기념해 1992년부터 복원 공사가 시작되어 우리가 여행 갔던 2016년에는 공사가 막바지였다. 최종 복원 공사가 끝난 것은 2019년이었다. 그런데 복원 공사가 끝나자마자 다시 화재가 나서 완전히 전소당했다고 한다. 2019년 10월 31일 새벽에 정전인 세이덴에서 난 화재가 호쿠덴, 난덴, 쇼인, 니케이우둔 등으로 전파되어 6개의 중심 건물이 불에 탔고 이 화재는 경과 9시간이 지난 오전 11시쯤에 마무리되었다고 한다. 사실 복원 건물이니 다시 지으면 된다고 하지만 무엇보다 이 안에 있던 1,500점이 넘는 유물이 불에 타서 없어지거나 훼손당한 것이다. 소방 당국에서는 전기 합선으로 인한 누전 때문에 일어난 화재 같다고 했는데 계속된 슈리성의 재난에 마음이 아팠다.



전철을 타고 가기 전에 다들 약간의 허기를 느껴서 편의점에 들러 어묵과 샌드위치를 간식으로 먹었다. 아시아바시 역에서 오르막길을 오르는 전철을 타고 슈리 역에서 하차했다. 그리고 택시를 2대로 나눠 타고 슈리성 정문인 슈레이몬(守礼門)에 하차했다. 상당히 옛 건물로 보이지만 사실 이 건물 역시 제2차 세계 대전 당시 파괴되어서 1958년에 복원한 건물이다. 정문에서 시작한 우리의 답사 코스는 소노향우타키 석문에서 제 1성문인 칸카이몬(歓会門), 슈리성 내부 세이덴(正殿), 보초들이 자리 잡고 있던 반쇼(番所)까지 이루어졌고, 타마우둔(玉陵)과 킨죠우쵸 이시다다미 길까지 2시간 가까이 구경했다. 명나라의 영향을 받은 이 건축물은 우리의 경복궁과 상당히 닮았는데 이 슈리성이 정확히 언제 건설되었는지는 정확한 연도는 모르지만 대개 14세기 정도에 지어졌을 거라고 짐작한다. 류큐 왕국의 전통 복장을 입은 안내원과 대화도 하면서 사진도 찍으면서 즐겁게 관람을 마치고 저녁은 근처 가정식을 파는 식당으로 갔다. 슈리성 관람할 때까지 비가 내리다가 식당으로 갈 때에는 다행히 비가 그쳤다.

분위기가 좋았던 현지 식당

현지인들이 많이 가는 식당으로 가게는 그리 크지 않았지만 오키나와의 특색 있는 음식들을 여러 가지 맛볼 수 있었다. 오키나와 소바

(沖縄そば), 고야 참프루(ゴーヤーチャンプルー), 동파육과 비슷한 라후테(ラフテー), 일본 유학 당시 자주 먹었던 돈지루(豚汁), 해초이지만 바다에서 나는 포도라는 뜻의 우미부도(海ぶどう), 각종 해초로 만든 나물 등 다양하게 주문해서 먹었다. 물론 오리온 맥주도 주문해서 다들 한 잔씩 했다. 아이가 있어서 다다미 좌식에서 함께 먹었는데 좁은 가게 안에서 전통 악기를 연주하는 주인아저씨의 연주에 사람들은 분위기에 맞춰 신명 난 가락을 즐겼다. 아이도 편안하게 앉아서 오키나와 음식을 즐겼다. 작은 로컬 식당의 매력을 흠뻑 느낄 수 있는 시간이어서 너무 좋았다. 가게에서 나와서 근처 국제 거리(国際通り)를 거닐면서 첫날밤을 마무리했다. 겐초마에 역과 마키시 역 사이에 위치한 국제 거리는 나하시는 물론 오키나와 현에서 손꼽히는 번화가로 그렇게 규모는 크지 않지만 제2차 세계 대전 이후 재건된 오키나와의 중심지로 국제 거리의 이름은 '어니 파일 국제 극장'에서 따왔다. 이러한 발전을 두고 국제 거리는 기적의 1마일이라고 불리기도 한다. 이곳에는 오키나와 최대 토산품 과자가게인 오카시고텐(御菓子御殿)이 있어서 여기에서 자색 고구마 타르트를 사서 맛보았다.

식당 주인아저씨와 함께

촉촉해진 국제 거리

오키나와 전통 요리

# 동양의 하와이에 평화의 바람을!

2016년 1월 9일(2일째)-옛 해군사령부 방공호, 평화기념
공원, 아메리칸 빌리지

조식을 야무지게 먹는 아이

첫 아침이 밝았다. 호텔 조식을 기대하면서 다들 식당으로 갔다. 일본식으로 꾸며진 식단은 아이가 먹기에도 정말 좋았다. 집에서도 낫토는 자주 먹어서 그런지 거부감 없이 아이는 낫토에 구운 연어, 김 등을 가지고 밥을 야무지게 먹었다. 나는 이런 식단을 좋아해서 그런지 아침이지만 배가 가득 차도록 먹었던 것 같다. 낫토에 미소시루, 달걀, 베이컨, 각종 절임 반찬 등으로 풍족한 식사를 했다. 다들 만족스러운 첫 아침 식사를 마치고 밖으로 나왔다. 오늘부터는 다소 먼 거리를 이동해야 했기 때문에 차를 빌려서 다니기로 했다. 호텔 근처인 아시아바시 역에서 나하 국제공항 역까지 간 다음 거기서 버스를 타고 렌트카 회사로 갔다. 렌트카 회사에서 인원에 맞게 예약해 둔 차량 2대를 렌트하러 갔다. 한국 사람들이 많아서 그런지 접수하는 곳에 한국인 접수원이 있어서 친절하게 설명을 들었다. 그리고 차량으로 이동해서는 차량 안내원에게 꼼꼼하게 설명을 들었다.

내비도 확인하고 주유도 확인하고 본격적으로 운전을 시작했다. 나와 동생이 한 대씩 운전사가 되어 안전하게 모시기로 했다. 일본에서 하는 첫 운전이고 국제 운전이어서 다소 긴장되었다. 특히 일본은 우리나라와 방향이 반대라서 신경 쓰면서 운전을 했다. 처음 도로에 나왔을 때에는 많이 떨려서 저속 주행을 하면서 천천히 갔다. 그리고 도로 방향이 반대이니 헷갈리지 않게 주의하면서 갔다. 도로가 복잡하지 않고 차선도 많지 않아서 생각보다는 쉽게 적응되었다.

화창해진 오키나와 하늘

어제와는 다른 푸른 하늘 덕분에 기분 좋은 드라이브를 즐기며 오키나와 도로를 즐길 수 있었다. 처음 가볼 곳은 먼저 옛 해군 사령부 방공호였다. 입장료 계산을 하는데 할인되는 걸 물어보면서 이것저

것 물어보니까 직원이 내가 일본어를 너무 잘하니 일본인인 줄 알았다고 너스레를 떨었다. 청명한 날씨와 대비되는 이곳은 지금 차가운 동굴만 남아있지만 뜨거웠던 포탄과 피가 튀기는 전장의 중심에 있던 곳으로 이제는 말없이 자란 풀들만 이곳을 지키고 있었다. 전쟁 당시의 아픔을 간직하고 있는 유적이 그대로 보존되어 있었다. 제주도에도 이러한 동굴이 있어서 당시 전쟁기의 참상을 보여주는데 옛 해군 사령부 방공호는 당시 미군의 포격으로부터 살아남기 위해 철저히 준비된 곳이었다. 제2차 세계 대전 당시 미국은 일본과 태평양 전쟁을 치르고 있었다. 유럽과 아프리카에서는 독일, 이탈리아와 연합군들이 전쟁을 하고 있었고 태평양에 있는 일본의 거대한 식민지 섬들에는 미군과 일본군이 치열한 전투를 계속하고 있었다.

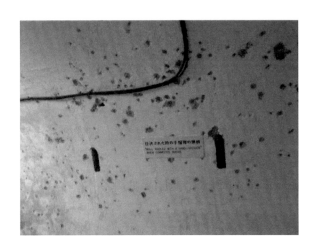

방공호 안에서 수류탄으로 자결한 흔적

오키나와 전투는 이오지마 전투와 더불어 일본 영토에서 벌어진 전투로 민간인들에게 어마어마한 피해를 불러일으킨 전투였다. 오키나와에 상륙한 미군은 일본군의 격렬한 저항에 부딪혔으며, 일본군은 오키나와 주민들에게 죽기를 강요했다. 전쟁 당시 조선인들을 강제로 징용하여 군인, 노동자 심지어 위안부로 끌고 갔던 것처럼 오키나와 주민들을 그렇게 사용하다가 결국엔 자살을 강제했다. 이른바 옥쇄(玉碎)가 자행된 것이다. 오키나와 주민들은 이렇게 집단 자살을 강요받아 서로 폭파해서 자결하거나 서로 죽이거나, 미군의 포격으로 죽거나, 일본군의 선전으로 미군이 오면 살해나 강간 등이 있다고 속임 당해 자살하는 경우도 있었다. 그리고 일본이 그렇게 자랑했던 거함 거포 시대의 최정점이었던 야마토 전함이 침몰한 사건이기도 했다.

일본은 이후에도 본토 결사 항전을 외쳤지만 결국 히로시마와 나가사키에 원자폭탄을 투하 당하고 소련의 참전으로 인해 무조건 항복을 하게 된다. 오키나와는 이후 미국의 점령지가 되어 1972년까지 미국의 지배 아래 있게 되었고 현재에도 주일 미군의 90% 이상을 차지하고 있는 아픔의 땅이다. 그래서 지금까지 주일 미군 철수를 외치고 심지어는 일본으로부터 독립을 외치는 곳이기도 하다.

옛 해군사령부 방공호 안

1944년 일본 제국 해군은 오로쿠 비행장(현재 나하공항)을 지키기 위해 미군 군함 포격에도 끄떡없는 방공호를 만들게 되는데 오키나와는 석회암으로 이루어져 있어서 석회 동굴을 많이 만들었다. 450m 정도 되는 거미줄 같은 거대한 통로를 만들게 되었고 여기에는 막사, 작전실, 막료실, 사령관실, 의료실, 암호실 등이 구비되어 있었다. 당시 3,000명 정도 인원이 동원되었는데 건설 대부분을 곡

괭이로 하는 등 수작업으로 이루어졌다고 했다. 미군이 상륙하게 되고 이후 1945년 6월 13일에 오타 미노루 소장은 권총 자살을 하게 되고 장교들은 수류탄 폭파로 집단 자살을 하게 된다. 오타 미노루 소장은 당시 오키나와 지상군 사령관으로 복무하고 있었고 죽음 후에는 중장으로 추서되었다. 방공호 내부에는 지금도 수류탄 폭파 흔적이 남아있어서 그날의 참상을 그려보게 했다. 하얀 벽 곳곳에 총알을 쏜 듯 파편이 나있는 모습을 보니 전쟁의 무서움과 무모함이 느껴졌다. 전쟁 이후 53년, 58년에 이곳에서 도합 2,300명이 넘는 유골이 발견되었다고 하니 참혹한 상황에 머리가 저려왔다. 내부가 미로처럼 생겨서 하나의 병영처럼 생겼으며 지하에 있어서 그런지 더운 바깥 날씨와는 다르게 서늘하게 느껴졌다. 이곳의 분위기 때문에 더욱 서늘하게 느껴졌는지도 모르겠다.

아이는 미로 같은 곳에서 잃어버릴 수 있어서 내가 안고 다녔다. 다시는 이러한 일이 일어나지 않기를 빌면서 방공호 밖으로 나와 맑은 공기를 마음껏 마셨다. 점심시간이 되었지만 호텔 조식을 다들 든든하게 먹어서 그런지 밥 생각이 안 나서 근처 카페에 가서 커피와 빙수로 쉬어가는 시간을 가졌다. 일본 빙수는 우리와는 다르게 시럽만 뿌려주는 식이어서 딸기 빙수와 이곳의 명물인 흑설탕 빙수를 시켜서 먹어보았다. 달달한 맛에 식감이 심플하면서 인상적이었다. 잠시 오키나와의 평온한 일상에 감사하면서 다음 장소로 이동했다.

한국인 위령비

우리는 한국인 위령비가 있는 오키나와 평화기념공원에 갔다. 오키
나와 전투는 앞서 말했듯이 일본 영토 안에서 가장 치열하게 지상전
이 벌어진 곳이기 때문에 그 희생자가 엄청났다. 일본군도 많이 죽
었지만 오키나와 주민들도 많이 희생되었으며 더군다나 이곳에 강제
로 끌려온 조선인 희생자도 많이 있었다. 그분들을 기리기 위해서
우리는 찾았다. 드넓은 바다가 보이는 곳에는 제2차 세계 대전 당시
희생되었던 많은 분들의 이름이 적혀 있는 비석들이 있었고, 한국인
위령비는 엄숙한 느낌마저 주었다. 오키나와 남부 마부니(摩文仁)에
조성된 공원에는 검은색 대리석으로 많은 이름이 새겨있었고 바로
옆에는 한국인 위령비가 있었다. 평화의 초석이라고 불리는 부채꼴
모양의 비석들에는 총 24만여 명의 이름이 새겨져 있다고 한다. 위
령비는 무덤이면서 제단 같은 모양새였는데 당시 오키나와 전투에
투입된 조선인은 만 명이 넘는다고 전해지지만, 현재 확인된 것은

313명으로 고국으로 가지 못한 한이 서려 있는 듯했다. 위령비의 돌은 우리나라 전국에서 가져온 돌로 만들었다고 한다. 상당히 드넓은 공원 주변을 산책하면서 이 땅에 사는 모든 이들에게 다시는 이러한 일을 겪지 않기를 기도했다.

오키나와 평화기념공원에서

니라이카나이 다리

공원에서 나와서는 니라이카나이 다리(ニライカナイ橋)로 갔다. 거대
한 도로가 휘어져 들어가는 다리인데 오키나와의 멋진 배경을 볼 수
있는 다리로 전망이 매우 좋았다. 니라이카나이는 니라이 다리와 카
나이 다리가 합쳐져서 이렇게 부른다는데 '니라이카나이'는 오키나와
방언으로 바다 너머의 이상향을 뜻한다고 한다. 한참 경치 구경을
하며 사진을 찍고 있는데 큰 섬이 아니라서 그런지 자전거 라이딩하
는 사람들이 꽤 많았다. 저마다 자전거를 타고 복장을 갖춘 라이더
들이 단체로 와서는 사진도 찍고 했는데 마침 한국 사람들이어서 조
금 놀랐었다. 나중에 제주도를 자전거 타고 라이딩하고 싶다는 생각
이 들었다.

아메리칸 빌리지

저녁을 먹기 위해서 아메리칸 빌리지(AMERICAN VILLAGE)로 갔다. 오키나와는 제2차 세계 대전 이후 일본이 패망하고 나서 본토와는 별개로 미국의 지배를 받았다. 그래서 미국 문화가 많이 남아 있는데 일례로 일본의 교통 문화로 손꼽히는 것이 전철이지만 오키나와는 전철이 없다. 전쟁 전에는 있었지만 파괴되고 나서는 복구하지 않고 미국처럼 도로를 깔아 자동차 문화로 만들었다. 그래서 여행 온 사람들이 주로 렌트해서 여행을 다니는 것이다. 아메리카 빌리지는 미국 분위기가 물씬 풍기는 곳으로 거대한 테마파크같이 보이면서 안에는 쇼핑센터, 극장, 카페, 음식점 등 돈 쓰기에 좋게 만들어 놓았다. 주차장도 매우 넓어서 주차하는데 전혀 어려움은 없었다. 출출해진 배를 채우기 위해 어둑어둑해진 저녁에 방문한 우리는 일단 A&W버거에 가서 햄버거와 루트비어를 샀다. 버거를 좋아하는 나와 동생, 사촌동생들은 무조건 가서 먹어야 했기에 일본에서도 오키나와에만 있는 버거 가게라서 맛을 봤다. 루트비어는 계피 맛이 나는

84

탄산음료인데 꼭 박카스에 탄산수 넣어서 먹는 것 같다고 다들 별로
라고 했지만 나는 너무 좋아해서 마트에서도 다시 사 먹고 공항 면
세점에서도 구입해 아껴먹었던 기억이 있다. 그리고 본격적으로 배
를 두둑하게 채우기 위해 가성비 좋은 회전 초밥집에 가서 마음껏
초밥을 즐겼다. 일본어를 할 줄 몰라도 한국어 번역이 된 패드가 있
었기에 다들 주문하는데 무리가 없었다. 먹고 나서는 카페에 들려서
하루를 정리하는 시간을 가졌다. 오키나와의 평화를 기원하면서 다
녔던 두 번째 날이 그렇게 저물어 갔다.

A&W버거 가게

# 시사가 지키는 오키나와

2016년 1월 10일(3일째)-요미탄, 잔파곶, 만좌모, 쿄다휴게소

오늘 밤은 호텔이 아닌 새로운 숙소에서 자기 때문에 아침부터 부지런히 짐 정리를 끝내고 나왔다. 마지막 호텔 조식이어서 야무지게 다들 배을 채우고 짐을 정리하고 체크 아웃한 다음에 캐리어를 차에 실었다. 그리고 첫 목적지인 요미탄 마을(読谷村)을 찾았다. 요미탄 마을은 도자기가 유명해서 도자기에 관심 많은 외숙모가 유심히 살폈다. 이러한 관심으로 외숙모는 지금 내가 사는 도시에서 공방을 열어 또 하나의 인생을 살고 있다. 요미탄 도자기 마을에는 16개의 공방이 있고 각양각색의 도자기가 정말 많았다. 일반 접시, 그릇부터 해서 사발도 크기에 따라서 다양하게 있었다. 그리고 여행객들이 많아 와서 그런가 그릇 외에 장식품들도 많았다. 특히 오키나와의 명물인 사자(시사, シーサー)를 구운 기념품이 많아서 나도 사자상 암컷, 수컷을 기념으로 샀다. 발음과 모양에서 알 수 있듯이 우리가 아는 사자에서 유래한 건데 오키나와에서는 이 동물 상이 있으면 귀신을 쫓아내고 복이 들어온다고 전해진다. 일본어로 사자는 시시(しし)이지만 오키나와 방언으로는 시사라고 한다. 일본 본토에서 많이 보이는 고양이와는 전혀 다른 모습이다. 입을 다물고 있는 것이 암컷이고, 벌리고 있는 것이 수컷이라고 해서 한 쌍을 샀다.

시사 한 쌍

요미탄 마을에서 아이와 어머니

가족 어른들이 좋아할 만한 고즈넉하고 아기자기한 공방이 많은 마을로 산책하기에 정말 좋았다. 아이도 흙길을 뛰어다니면서 편안하게 분위기를 즐겼다. 특히 바위에서 어머니와 함께 찍은 사진은 이 당시의 분위기를 나타내는 베스트 컷으로 인화해서 어머니에게 선물로 드렸다. 오키나와 전통 가옥과 한적한 분위기 속에서 사람들도 많이 없기에 하늘거리는 바람을 친구 삼아 걷는 기분이 마음을 잔잔하게 만들었다. 특히 짙은 주황색을 띤 특유의 지붕 모습이 동유럽의 지붕을 연상시키기도 하고 꽤 인상 깊었다.

잔파곶 등대

마을 안에 있는 소박한 카페에서 정성스럽게 구워진 도자기에 담긴 커피와 빙수를 맛보았다. 매끄럽게 반들반들한 도자기에 그려진 수제 문양이 요미탄 마을의 특징을 잘 나타내 주었다. 이어서 요미탄 마을 근처 잔파곶을 방문했다. 어제는 오키나와의 역사를 두 눈에 담았다면 오늘은 오키나와의 자연을 담는 날이었다. 깎아 내지르는 듯한 절벽과 절벽 앞으로는 푸른 바다가 펼쳐졌다. 2km정도 늘어선 융기 산호초로 자연의 선물인 잔파곶은 불어오는 바람 속에 홀로 서 있는 하얀 등대가 더욱 멋진 분위기를 연출했다. 잔파곶의 등대는 케이프 아나미 등대로 1974년에 완공되었다. 제주도 느낌도 나는 이곳에서는 바람이 다소 불어서 아이가 추워하는 것 같아서 가지고 간 점퍼를 입혀서 내가 안고 다녔다.

오키나와 소바

말없이 다들 망망대해를 바라보면서 이곳의 풍광을 두 눈에 담고 출출해진 배를 채우러 갔다. 점심은 유명한 오키나와 소바를 먹으러 갔다. 근처에 오키나와 소바 전문점이 있어서 차로 이동하니 금방 도착했다. 여느 일본 식당처럼 들어서자마자 일본 특유의 투박한 키오스크로 자동 주문이 가능해서 그것으로 주문을 했다. 제주도의 고기 국수가 연상되는 비주얼이지만 고기 국수는 국수 중면을 쓰고, 국물도 돼지 사골 육수로 뽀얀 색이 특징이다. 다소 묵직하고 걸쭉한 국물 맛을 보이는데 오키나와 소바는 면이 우동 면처럼 중면보다는 굵고 국물도 고기 국수보다는 맑은 육수였다. 기본으로 돼지와 파만 들어간 것과 어묵이 들어간 것, 해초가 들어간 것으로 해서 여러 종류를 시켜서 먹었다. 아이도 맵거나 자극적이지 않아서 작은 포크로 잘 먹었다. 좌석이었지만 아이가 앉을 수 있게 아이용 의자와 포크, 그릇을 준비해줘서 편안하게 식사할 수 있었다. 묵직하면서 뜨뜻한 소바에 든든한 한 끼를 하니 힘이 나는 느낌이었다.

만좌모의 코끼리 절벽

그다음 간 곳은 코끼리 절벽으로 유명한 만좌모(万座毛)를 갔다. 만좌모라는 이름은 절벽 잔디밭에 만 명은 앉을 수 있다 해서 이름이 붙여졌는데 석회암으로 이루어진 절벽도 굉장히 감탄을 자아냈다. 1726년 당시 류큐 왕국의 왕이었던 쇼케이가 만 명은 앉을 수 있는 들판이라고 말한 것이 유래가 되어 지금까지 전해지고 있는데 오키나와 해안 국정공원에 속한 명소 중에서도 손꼽히는 곳이다. 오키나와 해안 국정공원은 오키나와 섬 중부 요미탄 마을의 잔파곶부터 북부 구미가미 마을까지 걸쳐있는 해안 공원으로 풍광이 제주도와 많이 닮아있었다. 만좌모는 드넓은 잔디밭도 유명했지만 멀리서 보이는 코끼리 절벽이 정말 커다란 코끼리가 바다를 향해 걸어가고 있다는 착각이 들었다. 코끼리의 머리와 코가 앞을 보고 있고 앞다리는 무릎을 구부려 앞으로 가고 있게 보였다. 사진 찍는 명소였기 때문에 온 가족이 갖가지 포즈를 잡아 사진을 찍었고 아이도 바다를 바라보며 사진을 남겼다.

아이스크림을 맛보는 아이

들어가는 길에는 일본에서 매우 유명한 국도 휴게소의 아이스크림을 맛보며 잠시 쉬었다. 미치노에키(道の駅) 쿄다(許田) 휴게소는 일본에서도 손꼽히는 아이스크림 맛집으로 NO.1을 자랑하는 옵빠(おっぱ

い) 아이스크림이 유명했다. 이 쿄다 휴게소는 일본의 1,030개에 달하는 국도 휴게소 중에서 여행객이 뽑은 휴게소 중 당당히 1위를 했다고 선전하고 있었다. 옵빠는 젖을 말하는데 오키나와 젖소의 우유로 만들어 진한 풍미가 입안에 가득했다. 우리는 자색 고구마, 흑설탕, 밀크, 녹차 등 골고루 사서 입안을 달콤하게 만들었다. 국도 휴게소라니 낯설었지만, 일반 고속도로 휴게소처럼 규모가 크진 않아서 이런저런 토산품과 먹거리가 있어서 둘러보는 재미가 있었다. 여기서는 내일 갈 츄라우미 수족관 할인권을 팔았기 때문에 여기에서 구매했다. 저녁 식사는 숙소에서 직접 만들어 먹기로 했기 때문에 이온몰 마트에 들러 장을 봤다. 마트에서 맥주, 스테이크, 장어, 버터, 옥수수, 음료수 등 풍성한 저녁을 위해 만찬을 준비했다. 장을 봤던 건 일본 고유의 저택 체험을 해보기 위해서 2층 고택을 빌렸기 때문이다.

저택에서 먹는 만찬

모토부 세븐 빌리지 저택은 안내원에게 여쭈니 다이쇼 시대에 만들어진 목조 저택으로 나름 역사가 오래되었다고 했다. 우리 숙소는 2층으로 되어 있었고 안에는 샤워 시설, 주방이 현대식으로 구비되어 있었으며 거실 중앙은 화로가 있어서 바비큐를 할 수 있게 되어 있었다. 다다미 방으로 되어 있는 침실은 일본 전통을 느낄 수 있었고 걸을 때마다 삐걱거리는 소리가 나는 목조 건물 특유의 재미가 있었다. 저택은 매우 커서 우리 9명이 묵기에 매우 넉넉한 공간이었다. 저녁 식사는 다 같이 거실 화로에 모여 와규 소고기, 장어를 구우며 배불리 먹었고 후식으로 버터를 잔뜩 올린 옥수수를 구워 먹었다. 다들 맥주, 주스, 콜라 등 취향에 맞게 잔을 부딪히며 하루를 마무리했다. 아이는 우리만 있는 드넓은 저택을 뛰놀며 자신만의 방식으로 밤을 마무리했다.

일본 1위 국도 휴게소

# 美ら海，沖縄

2016년 1월 11-12일(4-5일째)-츄라우미 수족관, 비세 마을

츄라우미 수족관

넉넉한 고택에서 여유로운 아침이 밝았다. 모토부 세븐 빌리지는 말 그대로 7채의 저택이 있는 마을로 펜션으로 개조된 고택이 아직도 자신의 역할을 다하고 있음을 보여주는 듯해서 이런 고택에서 자는 경험을 해보는 것이 뜻깊었다. 다들 간단하게 아침을 먹은 뒤 오키나와에서 꼭 가봐야 할 명소 중 하나인 츄라우미 수족관(美ら海水族館)을 향해 길을 떠났다. 오키나와 모토부 반도에 있는 해양박 공원(海洋博公園)의 중심이자 오키나와 여행의 필수코스인 이곳은 꼭 와봐야 할 명소였다. 여기에서 1975년 해양박람회가 열렸는데 1979년에 새롭게 단장해서 수족관 개장을 한 것이다. 어렸을 때 인터넷에서 거대한 수족관의 영상을 보고 그곳에 가고 싶다는 생각을 했는데 그곳이 바로 오키나와 츄라우미 수족관이었다. 말없이 거대한 유리벽 안에 도도히 헤엄치는 수많은 어류, 가오리 등을 보고 있으면 평온한 기분이 들었었다. 츄라우미(チュらうみ)는 오키나와 방언으로

아름다운 바다라는 뜻이다. 우리나라에도 아쿠아플라넷 여수와 제주 등 거대한 수족관이 있지만 어렸을 때 인터넷으로 보았던 그 기억이 또렷해서 방문해보고 싶었다. 2005년 미국 조지아 수족관이 개장할 때까지 세계에서 가장 큰 수족관이었다고 했는데 비록 그 자리는 넘겨줬지만 지금 봐도 규모가 거대하긴 했다.

고래상어의 거대한 입안에서

날이 조금 흐렸지만 수족관 내부는 온갖 바다 생물로 가득했고 관광객들도 많이 보였다. 거대한 고래상어 표본은 날카로운 치아를 벌리고 있었는데 나와 아이가 들어가도 공간이 충분해 그 크기를 가늠하게 했다. 1층은 쉽게 볼 수 없는 심해어가 가득한 심해 여행, 2층은 그 유명한 쿠루시오의 바다, 3층은 불가사리와 여러 산호초를 보여주는 산호초의 여행, 4층은 대해로의 초대로 구성되었다. 쿠루시오의 바다(黒潮の海)라고 명명된 거대한 수조 안을 도도히 헤엄치는 고래상어와 가오리, 이름 모를 물고기들의 모습을 작은 손가락으로 가리키며 아이는 신기한지 계속 쳐다봤다. 이때는 물고기 이름도 모르고 그저 바라볼 뿐이었지만 조금 더 큰 뒤에는 관심이 많아져 수족관에 가면 이것저것 이야기를 하면서 즐기게 되었다.

쿠루시오의 바다 수조는 두께가 60cm인 아크릴 유리 패널로 만들어져 7,500톤의 압력을 견딜 수 있는 세계 최대 규모라고 전해지고 매일 같이 신선한 바닷물이 공급된다고 한다. 안타까운 역사로는 2016년에 3.5m에 달하는 백상아리를 전시했는데 3일 만에 죽은 적이 있었다. 이때까지만 해도 거대한 수족관은 가본 적이 없어서 나에겐 신선한 충격이자 경험이었다. 아이가 크면서 우리나라에 있는 수족관들을 많이 가보게 되었지만 단단한 유리벽 너머로 말없이 헤엄치는 물고기들이 여기까지 오기에 얼마나 많은 시간과 아픔이 있었을까 하는 생각도 들었고, 수족관에서 자체적으로 부화시켜 키워낸 물고기들은 여기가 고향이나 다름없는데 어떤 생각을 하고 있을지 궁금하기도 했다.

전통의상을 입고 촬영 중

들어갈 때 흐렸던 날씨는 나오니 우수수 떨어지는 빗방울이 대지를 적시고 있었다. 우산을 다들 갖고 있지 않아서 점심은 교외에 있는 전통 식당으로 가서 식사를 했다. 오키나와 전통 요리를 파는 곳이 었는데 검색해서 찾아갔다. 교외에 있어서 구불구불한 길을 지나 야트막한 산으로 올라가야 보이는 곳이었지만 일본인들에게도 유명한 곳이라 그런지 사람들이 북적였다. 주차를 하고 빗방울 소리가 떨어지는 야외에서 식사를 했다. 다행히 지붕이 가려져 비는 맞지 않았지만, 산속이고 비가 계속 내리니 다소 쌀쌀한 기운이 감돌았다. 아이도 조금 추위를 느꼈는지 화롯불 앞에 아이 의자에 앉아서 불을 쬐었다. 언제나 애정하는 오키나와 소바 정식, 돼지고기 생강 구이 정식, 고야 참프루 등 전통 요리를 맛보고 오키나와 전통 가옥을 둘러보며 잠시나마 산속에서 평온한 시간을 보냈다. 전통 의상을 입고 사진 촬영하는 사람들이 있어서 보는 즐거움이 있었다.

비세 후쿠기 가로수 길

식사를 하고 근처에 있는 비세 마을 후쿠기 가로수 길(備瀬フクギ並木通り)에 가서 고즈넉한 분위기를 느껴보며 걸으려 했는데 갑자기 쏟아지는 비로 많이 걷지는 못하고 다시 차로 돌아가야 했다. 후쿠기는 류큐 왕국부터 오키나와에서 많이 심던 나무인데 상록 나무 일종이라고 한다. 이곳에 온 이유는 예부터 방풍림으로 바람을 막기

위해 나란히 심었는데 비세 마을의 후쿠기 가로수 길의 명성이 높았기 때문이다. 후쿠기는 방풍 효과도 있지만 벌레도 막아주며, 화재에도 효과가 있다고 한다. 넓지 않은 길 사이로 빽빽하게 늘어선 후쿠기를 감상하는 가로수 길 산책이 오후 일정이었는데 비가 계속 세차게 내려 결국 얼마 걷지 못하고 포기한 채 차 안으로 돌아왔다. 차 안에서 아이는 답답한지 보채고 울음을 터트렸다. 그런 아이를 달래고 잠깐 투명한 오키나와 바다에서 비록 비를 맞았지만 그래도 옥빛 바다를 배경으로 사진을 남겨봤다. 한반도에서는 한겨울인 1월이었지만 남쪽 먼 나라인 오키나와는 티셔츠를 입고 다닐 정도고 비가 와도 날씨가 따뜻했다. 다시 차를 돌려 숙소인 세븐 빌리지로 돌아와 마지막 오키나와의 밤을 마무리했다.

쿠로시오의 바다

오기나와 여행 마무리

어김없이 해는 떴다. 어젯밤 서로 술잔을 기울며 고기를 굽고, 먹고 했던 것이 꿈인 듯했다. 정리를 하고 아쉬움을 뒤로한 채 저택 앞에서 출발 전에 다 같이 사진을 찍었다. 언제 다시 이곳에 올 수 있을까 하는 생각이 들었다. 꼭 나중에 다시 오고 싶을 정도로 음식도, 사람도, 공기도, 바다도, 거리도 좋았던 오키나와였다. 차를 몰아서 렌터카 반납 장소에서 반납하기 전에 근처 주유소에서 연료를 가득 채워서 반납을 했다. 그리고 렌트카 버스로 나하 국제공항으로 갔다. 아내는 처음 와본 일본이었고, 오키나와였는데 평소에도 자주 만나서 편안한 가족들과 함께한 자유 여행이어서 그런지 국내 여행을 한 듯 편안하다는 소감을 전했다. 렌트카로 자유롭게 다녔기 때문에 대중교통을 이용할 일이 별로 없어서 더 그런 기분을 느꼈다고 했다. 그리고 오키나와는 기대 이상으로 길도 건물도 눈에 닿는 곳이 다 깨끗하고 정갈한 곳이라며 감탄했다. 아이에게 낫토, 밥, 미소시루,

김을 먹이거나 오키나와 소바로 끼니를 해결하고 과일, 우유로 간식을 먹이면서 4박 5일 먹거리를 해결했다. 자극적인 향신료 없고 맵고 짜지 않고 담백해서 감사한 일본의 먹거리였다. 나는 유학 이후 처음으로 일본 방문이라 설렘이 컸다. 일본어가 녹슬지 않았다는 것도 여러 번 입증되어 아내의 의심스러운 눈초리도 잠재울 수 있었다.

여행 끝을 알리는 포즈

여행 전에 가장 큰 걱정은 아이가 너무 어려서 잘 다닐 수 있을까였는데 사고도 안 나고 여행 기간 동안 아픈 데도 없어서 감사했다. 여행 오기 전에 소아과에 들러서 미리 비상약도 타오고 그랬었는데 한 번도 먹질 않았다. 비행기 안에서는 아내가 미리 준비해 간 자동차 스티커 붙이며 놀고, 렌트카 안에서는 카시트에서 노래 부르고, 식당에서 밥 먹을 때는 짬짬이 핸드폰 동영상도 보면서 지냈다. 3일 동안 한 번도 응가를 안 하지 않아서 그것이 마음에 걸렸는데 마음을 풀고 응가를 하기도 하고 잘 다녀줘서 다행이었다. 이제는 작은 두 발로 여기저기 서슴없이 걷고 뛰고 하니 앞으로 여행의 색이 더 짙어지고 즐거움은 더 커질 거 같은 예감이 들었다. 아내는 아이 챙기며 다니느라, 나는 운전하고 가이드하고 돈 관리하느라 몸이 천근만근인 채로 정겨운 우리나라로 돌아왔지만 아이는 함께 있는 것이 편안한 듯 새근새근 잠이 들어 있었다. 이렇게 9명 대가족 여행은 무사히 마치게 되었고 오키나와의 아름다운 바다는 내 마음에 새겨지게 되었다.

출국

# 장강(長江)의 인파 속으로

만 3살 아이와 중국 화동(华东) 지방 준비

모처럼의 가을 연휴가 찾아왔다. 겨울에 아내의 해외 연수로 인해 여행을 전혀 가지 못하고 여름도 어떤 이유였는지 그냥 지나가 버려서 여행을 떠난 지 오래되었을 때 연휴가 찾아왔다. 결혼기념일이 다가오기도 해서 뭔가 이벤트가 없을까 생각했는데 해외여행은 생각하지 않고 있다가 갑자기 여행을 떠나고 싶다는 마음에 어디를 갈까 급하게 찾아봤다. 우리나라에서 가까운 곳으로 가야 했는데 일본은 제외하고 동남아시아는 너무 더워서 제외하니 결국 중국을 가자는 결론이 나왔다. 중국 본토는 예전 대학 다니던 시절에 어머니와 함께 베이징을 갔다 온 것이 전부여서 가본 지 여행 시점으로 거진 10년은 되었다. 그때가 2008년 베이징 올림픽이 열리기 전이었고 중국이 한창 경제 발전에 속도를 내고 있을 때라서 당시 중국의 이미지는 공산화에서 벗어난 지 얼마 안 된 국가, 가파르게 성장하고 있는 개발도상국 정도였지 지금처럼 미국에 맞서는 경제 대국, 세계 G2의 국가로는 생각이 안 되었다. 물론 이렇게 되리라 짐작은 했지만 말이다. 천지개벽에 어울리는 국가가 바로 중국이었다. 베이징을 갔을 때 기억은 자금성, 이화원, 원명원, 만리장성, 천단 등 명, 청나라 시대의 유적을 둘러봤던 기억이 가득했다. 10년이 지난 지금은 어떻게 변했을지 궁금하고 가보고도 싶었지만, 그러한 유적지가 많은 곳은 아이가 조금 더 큰 후에 가보기로 하고 이번 여행은 가벼운 마음으로 떠나기로 했다.

어머니와 모처럼 휴가를 얻은 남동생까지 해서 5명이 가기로 한 여행은 중국 화둥(华东) 지방으로 정해졌다. 중국은 지역적으로 크게 6개 행정 구역, 중국지리대구(中國地理大區)로 나눌 수가 있는데 화베이(华北) 지방은 황하 문명의 중심이자 현재 중국 정치 권력의 중심으로 베이징이 대표 도시이다. 둥베이(东北) 지방은 중국의 동북지역으로 흔히 만주 지역으로 알려져 있고 우리에게 익숙한 선양, 하얼빈, 창춘, 다롄 등의 도시가 있다. 중난(中南) 지방은 광둥성, 후베이성, 후난성 등과 홍콩, 마카오가 속해있다. 시난(西南) 지방은 티베트 자치구와 우리에게 요리로 유명한 쓰촨성, 충칭 등이 있다. 마지막으로 시베이(西北) 지방은 우리나라와 가장 먼 지역이지만 중국 고대 문명의 보고라 일컬어지는 곳으로 산시성의 시안이 있는 곳이다. 화둥 지방은 중국의 동부 지방으로 행정 구역으로 보면 상하이, 안후이성, 장쑤성, 장시성, 저장성, 푸젠성이 위치해 있다. 이 중에서 상하이와 장쑤성의 난징, 저장성의 항저우를 방문하기로 계획했다. 화둥 지방이라고 해서 중국의 일개 지방이라고 생각하면 안 된다. 대륙의 규모답게 인구와 영토는 우리나라와 비교할 수가 없었는데, 인구는 4억 명에 육박하고 영토도 우리나라보다 훨씬 넓었다.

상하이(上海)는 역사를 조금 배웠던 사람에게 상해 임시정부로 기억되는 곳이다. 그리고 경제 쪽에 관심 있는 사람이라면 중국 최대 증권 거래소인 상하이 증권 거래소가 있는 곳이라 생각할 것이다. 상하이는 베이징보다 번화한 중국 최대의 도시로 하루가 다르게 마천루가 생기고 도시의 스카이 라인이 바뀌는 곳이다. 거대한 중국은 웬만한 도시라면 기본 100만 인구를 훌쩍 넘기는데 가장 규모가 큰 도시 4개는 직할시로 관리되고 있다. 그 직할시가 베이징, 상하이, 충칭, 톈진으로 상하이는 그중에서도 중국의 경제 중심지 역할을 하고 있다. 상하이는 청나라와 영국 사이에 벌어진 아편전쟁 이후 1842년에 체결된 난징 조약으로 다음 해 개항하게 된다. 그로 인해 영국, 미국, 프랑스 등 서양 국가들은 상하이에 조계지를 형성하게 되고 상하이만의 독특한 번영을 누리게 된다. 그리고 태평양 전쟁 이후 미국, 영국 등은 조계지를 포기하게 되는데 공산 정권이 수립

된 이후에는 그러한 번영이 쇠퇴했지만, 중국의 개혁 개방 이후에는 다시금 번영의 길에 들어서게 되고 지금까지 이어지게 되었다. 그 단기간에 엄청난 발전을 이루어서 그런지 다른 지역의 시샘도 많아 상하이 사람들은 건방지고 잘난 체하면서 돈밖에 모르는 사람들이라는 시선이 있기도 하다. 그래서 그런지 사회주의 국가 중국이지만 가장 심한 양극화의 모습을 보여주는 곳이기도 하다. 그리고 우리에겐 잊을 수 없는 대한민국 임시정부가 최초로 자리 잡은 곳으로 역사적 의의가 매우 크다. 한국인이라면 상하이를 방문했을 때 꼭 들리게 되는 상해 임시정부 건물은 비록 크지 않지만, 바위처럼 단단한 의지를 가지고 독립을 위해 싸우고 희생했던 숭고한 분들을 기억할 수 있는 공간으로 자리 잡고 있다.

두 번째로 방문할 예정인 난징(南京)은 말 그대로 남쪽의 수도라는 뜻으로 오랜 역사를 자랑하는 역사 도시이다. 난징이라고 하니 남쪽의 수도인데 그럼 수도는 어디인지 궁금증이 이는데 이는 뤄양을 일컫는다. 뤄양을 중심으로 북쪽에 위치한 도시는 베이징(北京)이 되는 것이고 서쪽에 있는 도시는 시안(西安)이 되는 것이다. 시안은 중국 역대 왕조에서 가장 많이 수도로 정한 곳으로 시안과 뤄양은 상당히 가까운 거리에 있는 중국 고대사의 핵심 도시들이다. 난징의 옛 이름은 건업으로 삼국지를 읽은 사람이라면 바로 떠올릴 도시이기도 하다. 난징이 위치한 강남 지방은 북방 유목민족이 대륙을 공격해오면 한족들이 가장 많이 피신한 지역이고 위진남북조 시대에는 남조가 위치한 지역이면서 송나라 때는 남송이 위치한 지역이기 때문에 유목민족, 특히 몽골족에 대한 이미지가 좋은 편은 아니다. 명나라가 건국된 이후 홍무제 주원장은 이곳을 수도로 삼아서 중국 대륙 전체를 통일한 국가로는 처음으로 수도가 된다. 하지만 그 후 영락제가 다시 수도를 베이징으로 옮겼기 때문에 그 지위는 넘겨주게 되었다. 그러다가 1911년 신해혁명 이후 중화민국을 세운 쑨원은 난징을 새로 수도로 정하게 되어서 번영을 이루나 싶었지만 잔혹한 비극인 난징 대학살이 1937년 일본군에 의해서 일어나 30만 명 이상이 학살되는 참극이 벌어졌다. 이 사건으로 중국과 일본의 역사적 관계는 완전히 틀어지게 된다. 중화인민공화국이 세워지고 난 후 예전의 영광은 없지만 무엇보다 역사적으로 매우 가치가 높은 도시이고 중국 및 대만(중화민국)에서 모두 국부로 추앙받는 쑨원의 묘, 중산릉이 있는 곳으로 방문해야 하는 도시였다.

항저우(杭州)는 상하이와 난징에 비해서 우리에게 덜 알려졌지만, 중국 안에서는 그 어느 도시 못지 않게 역사가 오래된 도시이고 중국 문명에서 벼농사가 최초로 시작된 지역으로도 알려져 있다. 이 지역은 수나라 때 건설된 대운하가 연결된 지역이어서 강남 개발과 더불어 화북지방과 물자 교류가 많았고 상업, 농업 모두 발전해갔다. 항저우가 중국 역사 전면에 등장하기 시작한 것은 남송 시대였다. 송나라의 수도였던 개봉이 북방 유목민족이었던 금나라에게 정복당하자 송나라 조정은 남쪽으로 피신을 하게 되고 임안(臨安)에 새로운 수도를 만들게 되는데 그 임안이 지금의 항저우이다. 항저우의 중심은 서호(西湖)라는 거대한 호수인데 이를 중심으로 많은 문화 유적이 즐비해있다. 풍류가 발달한 도시라 많은 문인이 있었고 그중에 유명한 소동파도 있다. 소동파 하면 떠오르는 동파육도 이곳에서 시작되었다. 그리고 중국인들이 아침 식사마다 먹는다는 유탸오도 여기서 비롯되었다. 도시 경관이 얼마나 아름다운지 중국 속담에 '하늘에는 천당이 있고, 땅에는 소주와 항주가 있다.'(上有天堂, 下有蘇杭)라는 속담이 있을 정도였다.

우리가 가려던 기간이 중국도 마침 연휴 기간이어서 걱정이 되긴 했다. 인구가 많은 중국은 인해전술이라는 전법에서도 알 수 있듯이 어마어마한 인구수를 자랑하는데 이때 중국은 국경절로 춘절과 함께 양대 명절이라 과연 어떨지 기대 반 우려 반이었고 실제로 만난 중국 현지의 광경은 무엇을 상상하든 그 이상이었다. 10월 1일, 국경절은 중화인민공화국의 건국기념일로 마오쩌둥이 정부 수립을 선포한 것을 기념하기 위해 제정되었다. 이때부터 일주일 연휴인데 그에 맞춰 우리도 중국으로 가게 된 것이다. 사전에 마음의 준비를 하고자 인터넷 검색을 해봤는데 가늠이 안될 정도로 사람들이 많았다. 이렇게 엄청난 인파가 몰려다닌다는 중국의 국경절 연휴에 우리는 그 현장으로 떠날 준비를 마쳤다.

# Queen of the Orient

2017년 10월 1일(1일째)-푸둥 국제공항, 난징둥루, 와이탄

인천 국제공항에서 출발하기 전날 나와 아내와 아이, 어머니는 동생이 사는 도시에 가서 같이 하룻밤을 묵고 출발하기로 했다. 이번에는 인천 국제공항까지 내 차로 운전하지 않고 그곳에서 공항버스로 이동하기로 했기에 오랜만에 동생 집에서 묵고 아침에 산뜻한 기분으로 여유 있는 출발을 하게 되었다. 아침 9시에 공항에 도착해 환전을 하고 출국 수속을 마쳤다. 중국은 교류도 많고 이웃 나라지만 여행 가는 것도 비자가 있어야 해서 비자 발급을 받고 출국 수속할 때 확인하는 것이 다소 번거롭게 느껴졌다. 아이는 비행기 타는 것에 대해 기대감을 보였다. 2시간 정도 걸리는 비행시간이라 금방 도착했다. 그리고 시차 때문인지 도착했을 때는 1시간 정도만 차이가 났다. 상하이 푸둥 국제공항은 홍차오 공항과 더불어 상하이의 관문인데 나오자마자 열기가 확 느껴졌다. 입국 수속을 할 때 순서대로 수속을 밟아야 하는데 규칙을 모르는 아이는 아내가 먼저 나가자 울

고 불면서 엄마 따라가고 싶다고 소리를 질러서 난감해서 더욱 땀이
났었다.




공항에서 상하이 시내까지는 자기 부상 열차를 타고 이동했다.
30km 정도 떨어진 시내까지 10분 내로 갈 수 있는 엄청난 속도를
자랑하는 열차였다. 푸동 국제공항 터미널 2층에서 탑승할 수 있었
는데 20분 정도 배차 간격이 있어서 그렇게 오래 기다리지 않고 탈
수 있었다. 최대 시속은 430km를 거뜬히 넘는 속도로 굉장히 빠르
게 움직이고 곡선을 지날 때에는 원심력이 느껴지는 듯해서 타는 재
미가 있었다. 이렇게 상하이 시내로 진입한 우리는 상하이의 중심부
라고 할 수 있는 난징시루에 있는 숙소에서 체크 인을 하고 밖으로
나왔다. 10월 초입이었지만 한여름 같은 더위가 느껴져서 번화가로
걸음을 옮긴 우린 바로 열대 과일 주스를 사서 마셨다.

국경절 상하이의 엄청난 인파

거리를 그저 둘러보기만 해도 상하이가 엄청 크다는 게 느껴졌다. 서울의 도심 거리보다 더 큰 듯했다. 비도 오고 국경절이라 어마어마한 인파에 나는 아이를 계속 안고 다니니 강제 운동이 따로 없었다. 중국 최대 명절 중 하나인 국경절에 왜 돌아다니지 말라고 했는지 알듯했다. 거리를 걸어가는데 전부 사람들로 꽉 차 있어서 예전에 광화문 촛불 집회하는 정도의 규모를 느꼈다. 이게 중국 명절의 일상이라니 나중에는 무섭게 느껴지기도 했다. 중국 공안도 거리 질서 유지에 여념이 없었는지 단체로 줄을 서서 거리의 인파가 혼잡스럽지 않게 인간 신호등 역할을 했다. 구령에 맞추어 제복 입은 공안들이 줄을 세우고 맞추고 하는 것이 매우 인상적이었다. 상하이의 멋진 야경을 볼 수 있는 와이탄에서 가장 가까운 난징둥루 역은 아예 정차를 안 하니 인민광장에서 내려 와이탄까지 걸어가는데 그 거리 속에서 압사당하는 줄 알았다. 아이를 놓칠세라 목마를 태우고 걸을 수밖에 없는 상황이었다. 셀카를 찍으려고 했는데 너무 많은 인파에 휩쓸릴 것 같아서 그마저도 초점 맞추는 것이 쉽지 않았다. 축제도 아니고 시위가 있는 것도 아니고 그저 사람들이 다니는 것뿐인데 이 정도라니 너무 놀라웠지만 앞으로 인파로 인해 더 놀랄 일이 많다는 걸 이때는 몰랐었다.

그들이 있는 한 혼잡은 없었다

와이탄에 도착해서 바라본 상하이의 스카이라인은 낮은 물론이고 밤에도 끝내주며 황홀하기까지 했다. 상하이를 관통하는 황푸강 서쪽에 위치한 와이탄(外滩)은 홍콩 하버시티와 더불어 중국의 성장을 여실히 보여주는 야경 맛집이었다. 예전 제국주의 침략 시절인 조계지 당시의 르네상스, 바로크, 신고전주의풍 건물부터 지금 세워진 마천루들까지 다양한 건축물이 줄줄이 세워져 있으며 화려한 조명을 마음껏 뽐내고 있었다. 우리가 서 있는 와이탄에 상하이의 과거가 있었다면 황푸강 너머로는 상하이의 미래가 빛나고 있었다. 중국이 자랑하는 동방명주, 진마오 타워, 상하이 세계금융센터, 상하이 타워 등이 밤하늘의 별까지 닿을 기세로 서있었다. 그 순간에는 옆에 누가 있는지 얼마나 많은 사람이 있는지 생각나지 않을 정도였다. 하지만 그것도 잠시, 얼마 안지나 비가 내리기 시작해서 갑자기 더 굵어지길래 겨우 택시를 잡아 타고 숙소가 있는 난징시루에 와서 저녁을 먹었다. 비가 계속 내려 일단 택시에서 내린 다음 가까운 식당으로 갔다. 뭔가 느낌이 우리나라 김밥천국이나 신포우리만두처럼 다양한 요리를 파는 식당이었는데 퀄리티는 그보다 좋은 식당이었다. 중국어로 죄다 적혀 있어서 적당히 알아보는 한자로 몇 가지 주문해서 먹었다. 완탕면, 새우 볶음밥, 전병 말이, 딤섬 등이 나와서 다행히 식사는 잘 마쳤다. 돌아오는 길에는 편의점에 들러서 각종 간식거리를 사서 들어왔다. 첫날부터 만만치 않은 여행의 시작이었다.

인파에 지친 우리를 데리고 가는 택시 안

숙소는 호텔이 아닌 아파트를 독채로 빌려서 묵는 구조였는데 TV에 어린이 동영상이 나와서 그걸 틀어주고 어른들은 이것저것 정리하기에 수월했지만 물이 안 맞는지 음식이 안 맞는지 아이의 볼이 오돌토돌하니 두드러기 같은 것이 올라와서 걱정되었다. 그래서 일단 우유와 빵을 거의 주식으로 주고 일단 중국 요리는 먼저 맛보고 아이가 먹을 수 있는 것은 조금씩 주었다. 아이도 조금 컸는지 여기가 외국이라는 것을 어렴풋이 느끼는 것 같았다. 중국 사람들의 생김새가 우리와 똑같으니까 처음에는 여기가 외국인지 잘 모르고 있다가 들려오는 말이나 하는 말이 중국어라서 못 알아듣는 게 속상했는지 지하철 타고 오면서 "나도 중국어 하고 싶어."라고 해서 뭔가 낯설고 신기했다.

서울 같은 상하이 지하철 안내도

인파가 어마했던 난징둥루 보행가

상하이 푸둥지구 야경

# 인민의 별, 강남의 별, 중화민국의 별

2017년 10월 2일(2일째)-난징 시가지, 1912 거리

지하철에서 검문 검색

숙소에서 일어나서 바라본 상하이 시내는 정적이 흘렀다. 어제의 그 수많은 인파는 다들 어디로 갔는지 전혀 보이지 않고 사람 하나 보이지 않는 거리가 오히려 낯설게 느껴졌다. 간단히 아침을 먹고 지하철을 타기 위해 난징시루 역으로 갔다. 이동할 때마다 느낀 두 가지가 있었는데 하나는 검문검색이 참 많다는 것과 또 하나는 인력을 참 많이 쓴다는 것이었다. 일단 중국에서는 공항, 관공서, 박물관, 역 등 국가 시설은 물론이고 거미줄처럼 깔린 지하철 역사에서도 검문검색을 했다. 검문검색도 간단히 짐 검사 정도가 아니라 작은 가방이라도 검색대에 올려서 확인하고 온 몸을 수색하는 정도였다. 그리고 모든 확인을 사람들이 했기 때문에 인력을 많이 쓴다는 생각이 들었다. 테러 위협으로 인해 유럽에서도 유명한 관광지 안에서 검문검색을 하긴 했지만 이 정도 디테일을 가진 검문 검색은 사회주의 국가에다가 인구가 많은 나라이기에 가능한 일 같았다. 난징시루 역에서 아이가 안으로 들어갈 때는 자기가 표를 찍고 혼자 들어가고 싶다고 내 어깨에서 뛰어내리려고 하고 나를 옆으로 가라고 밀고 결국에는 자기 혼자 카드 찍고 안으로 들어와 버려서 나는 개찰구를 다시 넘어서 들어와야 했다. 이런 행동을 하는 것은 안된다고 하면서 화내니까 아이는 삐져서 울었다. 사리분별이 될 정도로 컸다고 생각 한 아이와의 해외여행이 이제는 수월하겠지 하고 생각했는데, 아이가 큰 만큼 자기도 하고 싶은 것이 생겨서 난감한 구석이 생기는구나 싶었다. 이러다가 사고가 날까 봐 남은 시간 동안 사고 없이 안전하게 보내고 돌아갔으면 좋겠다고 빌었다.

공항 같던 상하이 역

난징(南京)으로 갈 상하이 역에 도착하니 드넓은 남쪽 광장이 우릴 기다리고 있었다. 공항 같은 상하이 역내 안으로 들어가기까지도 줄이 엄청 길었다. 워낙 줄이 길어서 꼭 놀이공원 입장하는 것처럼 지그재그로 만들어진 통로를 따라서 입장했다. 그리고 어김없이 이어

121

진 검문검색을 마치고 안으로 들어갈 수 있었다. 수많은 인파와 함께 기차를 타고 곧 중화민국의 수도였던 난징에 도착했다.

상하이 역에서도 검문 검색

상하이와는 다르게 난징은 비가 보슬보슬 내리고 있었다. 그래도 맞고 다니기에 불편하지 않을 정도여서 일단 중국의 고도(古都) 난징의 거리를 찬찬히 바라보았다. 난징은 중국의 7대 고도 중 하나로 삼국지에 등장하는 오나라 손권이 최초로 수도로 삼았다. 그때 당시에는 건업(建業)이라고 불렀다. 난징의 명칭은 예전엔 금릉(金陵), 건강(建康)이라고 불리었는데 명나라가 세워지고 이곳이 수도로 되면서 난징이라는 명칭이 굳어졌다. 그 후 영락제가 베이징으로 수도를 옮기면서 수도의 지위를 잃게 되었고, 1928년 장제스의 중화민국으로 다시 수도로 정해진다. 이때 벌어진 사건이 난징대학살이다. 유네스코 세계기록유산으로 그 관련 문서들이 지정되기도 했는데 1937년

12월에 침략한 일본군이 무려 한 달 반 정도 되는 기간 동안 국민당 군인들과 민간인들을 무참히 살해한 것으로 피해자가 대략 30만 명에 달하는 인류 최악의 사건 중 하나이다. 난징 거리를 걸어가면서 이 평범한 거리에서 80년 전에는 살해, 방화, 강간 등 인간이 자행할 수 있는 모든 잔인한 방법은 다 동원한 듯한 학살이 일어났고 임산부, 어린아이도 많이 희생되었으며 재미로 사람을 죽이고 죽인 후에 상상할 수 없는 방법으로 능욕했다고 하니 아이를 데리고 있는 나로서는 더 큰 분노와 슬픔이 느껴졌다. 우리 민족이 당한 관동대학살, 간도참변 등과 더불어 참혹한 사건이 아닐 수 없다.

난징 총통부

우리가 처음 방문한 곳은 난징 총통부(南京總統府)였다. 가는 길에 유리 벽으로 만들어진 난징 도서관의 거대한 위용이 나타났는데 난징 도서관은 1907년에 지어져서 오랜 역사를 자랑했다. 중국 국가 도서관과 상하이 도서관에 이어 3번째로 거대한 도서관으로 1,000만 권이 넘는 장서가 있다고 했다. 도서관을 지나 나타난 금색으로 빛나는 굵은 글씨가 인상적인 총통부는 앞에 많은 사람이 기다리고 있었다. 난징을 수도로 삼은 장제스의 중화민국이 사용한 건물로 국민정부가 1927년부터 1937년까지 사용하고 중일전쟁으로 인해 피신해있다가 제2차 세계 대전이 끝난 후 1945년부터 다시 사용하고 국공내전으로 공산당에 밀려 후퇴한 1949년까지 사용한 곳이었다. 중화민국은 난징에서 남쪽인 광저우로 후퇴했다가 서쪽인 충칭, 청두까지 후퇴했다가 우리가 아는 대만 타이베이로 밀리게 된다. 장제스의 이런 후퇴 과정을 국부천대(國府遷臺)라고 한다. 난징 총통부는 이후 중국에서 박물관으로 1998년에 개관하게 되었다. 이곳은 청나라 때 태평천국운동을 일으킨 홍수전의 근거지여서 이때 홍수전이 앉았던 의자도 그대로 남아있다고 한다. 총통부 앞에는 이미 많은 사람이 기다리고 있어서 이런 인파 속에서 무념무상하며 기다린 시간이 여행의 절반은 되는 듯했다.

난징 도서관

난징하면 떠오르는 인물 중에서 가장 유명한 사람을 꼽으라면 말할 필요 없이 쑨원이다. 쑨원은 청나라 이후 중화민국, 현재 중화인민공화국과 대만으로 건너간 중화민국에서 말할 필요 없이 국부로 큰 존경을 받는 인물이다. 중국의 근현대사에서 중요한 인물을 말하라고 하면 쑨원, 장제스, 마오쩌둥을 드는데 둘보다 컸으면 컸지 작지 않은 인물이 바로 쑨원으로 청나라를 무너트린 신해혁명 이후 1912년 중화민국의 초대 임시 대총통에 취임했다. 이후 위안 스카이에게 정권을 넘겨주고 부침이 있었지만 군벌의 난립 속에서 통일된 중국을 위해 노력한 인물로 평가받는다. 그의 삼민주의와 혁명에 대해 중화권은 존경을 표하고 그 존경심에 대한 표현이 난징 교외의 자금산에 위치한 중산릉이다. 황제도 아닌 일개 인물에게 릉(陵)이란 표현을 쓴 것 자체가 중국인들의 존경심을 보여준다고 하겠다. 중산릉은 1929년에 완공되었는데 길이가 7km, 너비가 6.6km에 달하는 어마어마한 규모를 자랑해 중국의 여타 황제들과 비교해 뒤지지 않는다.

이색 경험을 한 훠궈 식사

우리는 핫플레이스인 1912 거리에서 밥을 먹고 차를 마셨다. 1912 는 신해혁명으로 인해 청나라가 멸망하고 중화민국 정부가 수립된 1912년을 기념하기 위한 것이었다. 그때 수도가 바로 난징이었다. 어느 도시에나 있을 법한 변화가지만 옛 거리 속에서 새롭게 탈바꿈 해서 보이는 것이 깔끔하고 정돈되어 있어서 눈길을 끄는 가게들이 많이 있었다. 무엇을 먹을까 고민하다가 훠궈 식당을 갔는데 맛집인 지 안에는 사람들이 많이 있었다. 종업원이 전혀 영어를 못해서 조 금 난감했지만 핸드폰 통역 어플을 이용해 음식 추천을 받았다. 언 어는 통하지 않았지만 마음은 통했는지 생새우, 완자, 소고기, 두부, 튀김 두부와 천엽, 이름 모를 내장까지 다소 특색 있는 음식들이 나 와 기분 좋게 먹었다. 홍탕과 백탕으로 해서 맵지 않은 것은 아이에 게 줬는데 잘 먹었다. 물론 세련되고 좋은 가게라 그런지 가격은 만 만치 않았다. 아니면 우리가 중국어를 모르는 여행객이라 추천을 가 격대가 있는 것만 해 준 건지는 모르겠지만 추천을 잘 받아서 맛있 게 먹고 나왔으니 다들 이색적이면서 기분 좋은 식사를 마쳤다.

분위기 좋은 카페

근처에 있는 유명한 카페를 아내가 찾아서 갔는데 그 카페 내부가
도서관과 숲을 섞어 놓은 듯한 인상을 줘서 독특하면서 개방감이 있
는 카페라는 느낌을 받았다. 주문하고 인형을 놓고서 기다리는 것이
독특했고 분위기도 좋고 커피도 좋았지만 역시나 영어가 안되긴 마
찬가지였다. 상하이에서는 그래도 영어가 통했는데 여기서는 통하지
않으니 갑갑했지만 내국인만으로도 충분한 수요가 돼서 그런가 싶었
다. 신용카드도 안되고, 현금을 받을 때는 고액권인 경우 위조지폐인
지 확인하고, 여행 때 필수적으로 쓰는 구글 지도 어플도 안되고 여
러모로 불편한 나라라는 생각이 들었다. 중국은 자국인들에게 유튜
브, 구글 등 해외 사이트에 대해 접속을 금지해서 여행 다닐 때 흔
히 쓰는 구글 지도를 사용하지 못하고 바이두 지도 어플을 사용하느
라 익숙해지는데 시간이 조금 걸렸다.

비 오는 난징을 뒤로하고 상하이로 돌아가려고 1912 거리에서 난징 지하철역까지 가는데 사람들이 워낙 많아서 탑승하는데 늦을까 봐 초조해지기 시작했다. 비 오는 거리를 아이를 안고 엄청 뛰면서 갔는데 인파가 워낙 많아서 지하철 역사 안으로 들어가는 것 자체가 고역이었기 때문이다. 내 여행 인생을 통틀어서 어떤 의미로 심장이 짜릿했던 때를 꼽으라면 단연 이때를 꼽을 수 있다. 인파로 꽉 찬 지하철 역사여서 표를 발권하는 데에만 시간이 상당히 걸렸고, 그 인파를 뚫고 지하철을 타는 것도 어려웠기 때문이다. 30분은 여유 있게 나왔는데 아이를 안고 헤엄치듯 사람들 사이를 빠져서 겨우 지하철을 탈 수 있었고 난징 역에서 다행히 예약된 상하이 가는 기차를 탈 수 있었다. 중국은 정말 대륙이었음을 실감했다.

1912 거리

난징 시가지

난징 역

# 上有天堂  下有蘇杭

2017년 10월 3일(3일째)-항저우 성황각, 서호, 청하방,
상하이 신천지

엄청난 인파의 상하이 홍차오 역

눈을 뜨자마자 오늘 가게 될 항저우에 대한 기대보다는 어떻게 항저우까지 갈까 하는 생각이 먼저 들었다. 상하이, 난징에서 계속된 인해전술을 격파하는 게 이제는 과장해서 표현하자면 두렵기까지 했기 때문이다. 어젯밤에 나뿐만 아니라 다들 인파 속에서 헤쳐 나오는데 진력을 다했는지 표정이 지치고 무거워 보였다. 그래도 어제보다는 낫겠지 하는 마음으로 산뜻하게 숙소를 나섰다. 난징시루 역에서 역시 똑같은 검문 검색을 마치고 지하철을 타고 출발지인 상하이 홍차오 역에 도착했다. 인파는 웬만큼 경험해봐서 여유가 있다고 느꼈었는데 검문 검색을 마치고 들어온 상하이 홍차오 역은 상하이 역보다 더 컸다. 과장하지 않고 축구장 같은 역에는 사람들이 바글바글 모여 있었다. 2011년에 문을 연 고속철도역인 상하이 홍차오 역은 홍콩까지 갈 수 있다고 한다. 이곳이 기차역인지 공항인지 분간이 안 갈 정도로 거대한 시설을 자랑했다. 서울 역이나 용산 역보다 훨씬 큰 규모를 자랑해서 웬만한 공항보다도 커 보였다. 아무래도 중국 고속철도의 중심 허브 역이고 바로 옆이 상하이 홍차오 국제공항이기 때문에 이렇게 거대하게 지은 듯한데 살면서 이제까지 본 기차역

중에서 가장 컸다. 하지만 우리가 도착할 항저우 동부 역이 이곳보다 크다하니 고개가 절로 저어졌다. 고속철도는 굉장한 속도를 내면서 1시간도 안되어 우리를 항저우에 내려주었다. 고속철도는 우리가 가지고 있는 이미지와는 다르게 굉장히 청결하고 깨끗해서 KTX라고 생각해도 무방할 정도였다.

항저우 도착

항저우는 저장성의 중심 도시이면서 남송(南宋) 시대(1127~1279년) 수도로 자연경관이 매우 수려하기로 유명하다. 그래서 '하늘에는 천국이 있고, 지상에는 쑤저우와 항저우가 있다.'라는 속담이 있을 정도였다. 남송 때에는 임안(臨安)으로 불렸다. 항저우 중심에 있는 서호(西湖)는 세계자연유산으로 지정된 명승지로 본래는 전당강과 연결된 강의 일부였는데 흙과 모래로 막아서 인공 호수로 만들어진 것이다. 굉장히 넓은데 둘레가 15km에 이른다고 한다. 이곳은 그 유명한 소동파가 자주 시를 읊었던 곳으로 문인들의 성지로도 유명하다. 그 유명한 마르크 폴로의 동방견문록에도 항저우에 대한 이야기가 등장한다. 한족의 중심지로 번성하다가 원, 명, 청나라를 거치면서 도시는 계속 성장했지만 청나라 말기 홍수전이 일으킨 태평천국운동으로 인해 도시가 파괴되고, 아편전쟁에서 패배한 청나라가 난징조약을 맺고 상하이를 개항하자 강남의 무역항 자리를 상하이가 가져가게 되어 경제적 쇠퇴를 하게 된다.

직어서 제출

역에서 나오니 후텁지근하면서 습기를 머금은 공기가 조금 느껴졌다. 지하철을 타고 항저우 시내로 들어와서 점심을 먹기 위해 거리를 걸으면서 식당을 찾아보았다. 걷다가 현지인들이 많이 있는 식당을 찾아서 먹으려고 했는데 길가에 그리 크지 않은 노포가 있어서 들어가기로 했다. 작은 식당으로 테이블이 많지 않았지만 여러 사람이 식사를 하고 있었고 역시나 현지 식당이라 그런지 영어 메뉴판은 커녕 영어가 한 마디도 통하지 않았다. 이가 없으면 잇몸이라고 그래서 우리는 메뉴판을 보고 한자를 핸드폰으로 찍어서 번역을 한 다음, 동생의 핸드폰에 메모장 기능이 있어서 거기다가 내가 글씨를 써서 보여주었다. 솔직히 무얼 시켰는지 짐작이 잘 가지 않았지만 면과 밥 정도는 구분할 줄 알았기에 맛있어 보이는 것으로 주문했다. 이윽고 음식이 나왔는데 완탕에 하얀 국물 면, 오이절임과 고기 덮밥 등이 나와서 나름 성공했다고 다들 이야기하면서 먹었다. 아내는 너무 현지식이라고 하면서 약간의 거부감이 있는 듯했는데 별로 가리지 않는 나는 맛있게 먹으면서 배를 채웠다.

항저우에서 첫 식사

성황각이 있는 오산

성황각에서 바라본 서호

식사를 마치고 난 다음 천천히 항저우 시내를 거닐면서 성황각에 오르기 위해 오산(吳山)에 올랐다. 오산은 그렇게 높지 않은 야트막한

성황각

산으로 우리가 가는 성황각은 악양루, 등왕각, 황악루와 더불어 중국 강남의 4대 누각으로 손꼽히는 누각이다. 삼국지에 등장하는 영웅 손권이 진을 쳤던 오산 정상에 위치해있다. 처음에는 아이도 씩씩하게 잘 걸었는데 올라가는 게 힘든지 안아달라고 해서 내가 안고 올라가다가 나도 힘들어서 잠시 내려놓고 같이 걷기도 했다. 아이는 안 올라간다고 떼쓰면서 울다가 잠들었다. 잠든 아이를 안고 기어이 성황각에 올랐는데 내부에는 엘리베이터가 설치되어 있어서 꼭대기 층까지 쉽게 갈 수 있었다. 날이 다소 흐려서 선명하게 보이지는 않았지만 서호의 전망이 한눈에 들어왔다. 항저우 시내까지 조망이 가능해 그 경치가 시야에 꽉 차니 마음이 뿌듯했다. 잠든 아이를 안고 있어서 저린 팔은 덤이었다. 구경하다가 아이를 깨워서 경치를 함께 감상했다. 그리고 내려오는데 팔팔해진 아이는 나의 저린 팔도 모른 채 귀여운 몸짓을 해댔다.

청하방 거리

아이와 어머니

성황각에서 내려오면서 항저우의 옛 거리가 그대로 남아있는 청하방(淸河坊)으로 갔다. 청하방에 가니 항저우 사람들이 다 모여 있는 듯 했다. 국경절 연휴로 인해 이곳에도 사람들이 빽빽했다. 서울의 인사동 거리나 전주 한옥마을과 비슷한 정취를 느끼게 했는데 현대적인 가게 안과 대조적으로 건물과 거리는 옛 그대로를 유지해놓은 듯했다. 각종 먹을거리를 팔았는데 그중에서 취두부가 가장 인상적이었다.

하지만 먹을 엄두는 내지 못하고 텁고 텁텁한 날씨를 털어내기 위해
버블티와 냉차를 사서 먹었다. 거리 옆에는 작은 개울가가 있었는데
떨어지지 말라고 경고 표시를 해놓은 경고판에 한국어로 번역은 '조심
스럽게 떨어'라고 되어 있어서 다들 웃었다. 남송 시대의 거리를 그대로
유지하는 것이 쉽지 않았을 텐데 역사적으로 가치가 높은 거리에서
약 700년이 지난 지금도 사람들이 뭔가를 마시고 먹으면서 정취를
느낄 수 있다는 게 좋아 보였다. 우리나라도 이러한 문화 역사 거리
를 보존하거나 아니면 잘 복원해서 남기면 어떨까 생각해보았다.

더 엄청난 인파의 항저우 동부 역

청하방 거리에서 간식도 먹고 걸어 다니며 구경을 하다가 다시 상하
이로 돌아가기 위해 지하철 역으로 갔다. 어제 난징과는 다르게 사
람이 엄청 붐비지 않아서 압사의 위험 없이 안전하게 항저우 동부역

까지 갈 수 있었다. 동부역에 들어가기 전에 어김없이 검문 검색을 받고 안에 들어갔다. 여기는 기차역이 축구장보다 훨씬 넓었다. 중앙 로비를 2층에서 바라보니 입이 다물어지지 않을 정도였다. 상하이 훙차오 역에서 한 번 놀랐는데 여기서는 두 번 놀랐다. 기차를 기다리면서 심심한 입을 달래기 위해 편의점에서 간식을 샀다. 오이 감자칩을 팔길래 그것과 이것저것 사서 군것질을 했다. 역사 안을 도는 셔틀 차량이 있었는데 아이가 타고 싶어 해서 그것도 타면서 구경했다. 가는 곳마다 사람들이 워낙 많아서 어마어마한 역의 규모에 계속 압도되었다. 중국에서 놀라는 건 자연경관이나 마천루보다 사람들 때문에 놀라는 게 더 많았던 듯했다.

상하이 신천지 노천에서 맥주 한 잔

무사히 상하이까지 와서 지하철을 타고 아내가 알아놓은 맛집 탐방을 했다. 크랩을 파는 고급스러운 레스토랑이었는데 가격은 다소 있었지만 처음 먹어보는 매운 크랩과 볶음밥, 밥으로 만든 듯한 떡 튀김, 파인애플 주스와 망고 주스 등으로 만족스러운 저녁 식사를 즐겼다. 그리고 신천지(新天地)로 이동해서 중국인, 외국인들이 뒤섞인 그곳을 걸으며 산책했다. 신천지는 고전적인 건물과는 다르게 상하이의 핫플레이스로 많은 레스토랑, 카페, 쇼핑샵 등이 들어서 있어서 젊은 분위기를 연출하고 있었다. 다들 노천 가게에서 맥주 한 잔을 시켜놓고 담소를 나누는 모습들이어서 우리도 분위기 좋은 노천 가게에 들어가 맥주도 한 잔 하고 상하이 신천지의 밤거리를 즐기다가 숙소로 돌아왔다.

상하이 신천지 거리

# 동방의 파리에서 독립을 외치다

2017년 10월 4일(4일째)-상하이 IFC몰, 예원, 신천지,
루짜주이

푸동신구의 스카이 라인

간밤에 아이가 소리 지르며 아내에게 가라고 하고 괴로워했다. 아내도 졸리고 지켜보기가 힘들었다. 어머니도 잠에서 깨서 달려오셨다. 다행히 시간이 지나고 아이가 아내한테 같이 자자고 손잡고 누웠다. 잠결에 안 좋은 꿈을 꿨는지 모를 일이지만 어쨌든 새벽녘의 소동은 끝나고 다들 해가 떠오를 때까지 푹 잠을 잤다. 느지막이 일어나 짐 싸서 정들었던 난징시루의 숙소를 떠나고 새로운 숙소로 출발했다. 새로운 숙소는 상하이 푸동신구(浦東新區)에 있는 IFC몰 호텔이었다. 푸동신구는 상하이의 미래는 물론 중국의 미래가 모여 있는 곳으로 진마오 타워, 동방명주 탑, 상하이 타워, 세계금융센터, 국제금융센터(IFC) 등이 있다. 1990년대까지는 그저 그런 동네였지만 경제특구로 지정되면서 눈부신 성장을 거듭해 이제는 빽빽한 빌딩이 가득 찬 곳으로 변모했다. 서울의 강남과 같은 분위기였지만 그보다 더 규모가 컸다. 어디든 눈동자를 굴려봐도 마천루가 눈 안에 들어오는 곳으로 미래 도시를 연상시킬 정도였다. 특히 상하이의 최고층을 자랑하는 상하이 타워와 상하이 세계금융센터, 진마오 타워는 서로 모여 있어서 상하이 스카이 라인을 책임지는 삼대장처럼 보이기도 했다. 빌딩이 아닌 탑으로 중국의 경제 성장을 보여주는 동방명주 탑(东方明珠塔)은 1994년에 완공되었는데 현재 세계에서 5번째로 높은 타워라고 한다. 독특한 디자인과 중국의 경제 성장을 보여주는 건축물이어서 중국 정부로부터 가장 높은 5A 관광 등급을 받았다.

상하이 마천루 삼대장

동방명주 탑

비도 내리지 않고 짙은 남색의 하늘과 하얀 구름이 수놓아진 날씨에
호텔로 이동했다. 상하이의 마천루를 배경으로 사진도 많이 찍었다.
여전히 사람도 많고 다소 헤매는 상하이 거리였지만 그래도 일찍 체
크 인이 가능해서 짐을 풀고 조금 쉴 수 있었다. 지금까지 묵었던
숙소 중에서 가장 좋은 위치에 고급스러운 숙소로 방도 여러 개에
넓어서 아이 포함해 5명이 쓰기에는 여유로웠다. 그리고 창밖으로
보이는 황푸강 전경도 무척 멋져서 다들 마음에 들어했다. 잠시 쉬

다가 점심 식사를 위해 호텔에 있는 유명한 식당을 찾았다. 중국에 왔으니 딤섬, 샤오롱바오를 꼭 먹어야 한다고 해서 딤섬, 샤오롱바오, 매운 닭튀김, 볶음밥과 볶음면 등을 주문해서 먹었다. 격식 있는 식당에서 맛본 요리는 다들 맛이 좋아서 식도락의 즐거움을 주었다. 기운을 충전하고 우리는 예원(豫園)을 향해 걷기 시작했다.

상하이 고급 중식당 요리

드라이아이스 망고 주스

예원은 황푸강 서쪽인 푸시(浦西)에 위치해 있는데 푸시는 상하이의
구시가지로 이 안에 우리가 저번에 갔던 신천지, 와이탄도 위치해있
었다. 예원은 명나라 가정제 통치 시기인 1559년에 개인 정원으로
반윤단이 만들었는데 1577년에 완공되었다고 한다. 그 후 1842년
아편전쟁이 일어나 영국군이 쳐들어왔을 때 영국군이 이곳을 며칠간
점령했었고, 태평천국운동이 일어났을 때 관군이 점령을 했다가
1942년에 일본군이 점령하는 과정을 겪는 등 부침이 있었다. 그래
도 상하이 시내에서 유일하게 전통 정원 양식을 가지고 있는 거대한
정원이라 상하이 사람들만이 아니라 전국적으로 유명한 관광지라고
전해진다. 가는 길에 맛있어 보이는 망고 푸드트럭이 있어서 1L에
달하는 망고 주스에 위에는 망고 아이스크림과 큐브로 자른 생망고
를 얹은 음료가 있어서 다들 하나씩 사서 입에 물고 다녔다. 드라이
아이스를 넣어서 그런지 하얀 김이 나오는 게 무척이나 재미있었다.
예원 담벼락 옆으로는 민가가 주욱 늘어 있어서 널어진 빨래 구경도
재미있고 사람 사는 냄새가 풍겨 포근한 느낌이 들었다. 근처에 있
는 시장인 예원상장은 전통적인 공예품, 기념품들을 팔고 있어서 눈

이 즐거웠다. 예원 옆에 있는 성황묘(城隍廟)는 참배하려는 사람들로 인산인해를 이뤘다. 명나라 영락제 당시 세워진 성황묘는 성황신으로 진유백을 모시고 있었다. 원말 명초의 인물인 진유백은 상하이에 내려와 살았는데 명나라 주원장이 나라를 세우고 등용했던 인물로 그가 죽자 상하이를 수호하는 성황신으로 봉해서 지금까지 내려오고 있다.

목마 타고 잠자기

엄청난 인파를 뚫고 나서 가까운 신천지(新天地)로 발걸음을 향했다. 그곳에서 상하이의 밤을 보내기로 했는데 가는 길에 20분쯤 걸었을까, 안고 있던 아이가 잠들어서 그대로 내가 안고 갔다. 오랫동안 안고 있다 보니 팔이 얼얼해서 나중에는 목마 태우고 걸었다. 목마 타면서 아이는 내 머리를 베개 삼아 잠을 잤다.

신천지하면 상하이의 핫플레이스지만 우리 민족에겐 잊을 수 없는 유적지가 있다. 바로 대한민국 임시정부 청사가 있는 곳으로 어젯밤에 신천지를 방문했을 때 어둠이 짙게 깔린 임시정부 청사에 갔다가 오늘 다시 방문했다. 좁은 골목을 지나면 그렇게 크지 않는 2층 집 석조 건물이 나오는데 그곳이 초대 대한민국 임시정부 청사이다. 상하이의 대한민국 임시정부는 1919년 3.1 운동 이후 독립 의지를 가진 민족의 열망이 모여 탄생한 정부로 4월 11일에 설립되었다. 한성정부와 블라디보스토크의 대한국민의회가 통합되어 9월 11일에 통합된 대한민국 임시정부가 수립되었는데 처음 상하이에 위치했기에 상해 임시정부라는 표현을 많이 쓴다. 상하이는 당시 조계지가 있어서 프랑스 조계지에 위치했던 이곳에 임시정부를 두어서 외교를 중심으로 활동을 전개했다. 나중에 중일전쟁의 화마를 피해 계속 이동을 거듭하는데 중국 서쪽 내륙에 위치한 충칭까지 이동하게 된다.

대한민국 임시정부 청사

비록 조그마한 건물 속에서 생활했지만 일제로부터 독립하고 새로운 민국을 만들겠다는 그 의지는 드높았을 독립운동가들이 100여 년 전에 이 거리를 걷고 드나들었을 것을 생각하니 마음이 아려오면서 자랑스럽게 느껴졌다. 대한민국 임시정부 청사를 둘러보고 근처 카페에 가서 잠시 쉬는 시간을 가졌다. 연휴 기간이라 그런지 어디를 둘러봐도 사람들이 많았다. 커피를 마시고 이야기를 나누다가 이곳에서 저녁을 먹기로 해서 노천 식당으로 갔다. 아직 저녁 식사를 하기에는 조금 이른 시간이었는지 사람들이 많이 보이지 않았다. 무엇을 먹을까 하다가 아내와 동생이 모두 중국 요리 중에서 베이징 덕을 먹어본 적이 없어서 비록 상하이였지만 베이징 덕을 먹기로 했다. 상하이에서 베이징 덕이라니 마치 대구에 가서 전주비빔밥을 시켜먹는 꼴이었지만 그래도 근사하게 맛볼 수 있었다. 베이징 덕과 다들 좋아하는 샤오롱바오, 볶음밥을 주문했다. 조금 시간이 지나자 노천 식당에도 사람들이 들어오기 시작하더니 이내 거리에도 사람들이 많아졌다. 베이징 덕은 종업원이 직접 훈제된 오리를 들고 나와서 먹기 좋게 슬라이스 해주고 싸 먹을 수 있는 것까지 해서 세팅을 해주었다. 겉껍질은 바삭하고 안은 촉촉한 오리 고기를 채소와 함께 밀전병(춘빙)에 싸서 소스에 찍어 먹으니 10년 전에 어머니와 베이징 여행을 할 때 처음 먹어봤던 기억이 새록새록 났다.

베이징 덕

식사를 마치고 신천지에서 루자쭈이(陆家嘴) 역으로 넘어와서는 황푸강 야경을 보았다. 홍콩의 야경도 멋졌지만 상하이의 야경도 더할 나위 없이 멋졌다. 수평으로 도도히 흐르는 강과 수직으로 곧게 뻗어나간 수많은 빌딩이 만들어내는 조화는 놀라워 보였다. 루자쭈이에서 바라본 와이탄을 바라보고 가다가 거리에 한국에는 없는 디즈니 가게가 보여 구경을 했다. 아이가 노래를 부르던 맥퀸부터 스타워즈까지 아이는 정신을 못 차리고 너무 좋아했다. 어머니는 아이에게 선물 하나 해주겠다고 하시면서 골라보라고 하셨다. 이번 여행에서 최대의 집중력을 보인 끝에 고른 것은 스타워즈에 나오는 R2D2였다. 어머니가 아이를 생각해서 거금을 쓰셨다. 아이는 큰 쇼핑 봉투를 들고 행복해서 저녁 내내 효자 노릇을 했다. 마트에서 간단한 간식거리를 사서 돌아와서는 다 같이 라면, 과일, 맥주로 하루를 마무리하고 끝을 그렸다.

상하이 와이탄 야경

예원

성황묘

153

# 대륙이여, 짜이찌엔

2017년 10월 5-6일(5-6일째)-상하이 루쉰 공원, 다종 공항 호텔

루쉰 공원 도착

어느덧 여행 마지막 날이 되었다. 내일은 아침 비행기로 귀국하기 때문에 오늘이 실질적인 마지막 날이었다. 푹신한 침대와 멋진 뷰가 있는 호텔에서 12시가 다 되도록 느릿하게 시간을 보내고 식사를 하러 나왔다. 아침 겸 점심으로 고른 메뉴는 뜬금없지만 일본 라멘 이었다. 계속된 중국 음식으로 인해 기름진 것을 많이 먹었고 다양 하게 중국 음식을 즐길 줄 아는 수준은 아니어서 국물이 있으면서 매콤한 것을 먹고 싶은 우리의 정서가 고른 것이었다. 내가 일본 유 학 시절에도 갔었던 유명한 일본 라멘 체인점이 입점해있어서 다 같이 가서 라멘과 교자로 첫 끼를 달랬다. 마늘을 잔뜩 으깨 넣어 속을 잡아줄 수 있어서 괜찮았던 선택이었다. 편안하게 오늘은 상하이를 둘러보기로 해서 상하이하면 대한민국 임시정부 청사와 더불어서 잊을 수 없는 홍커우 공원으로 가기로 했다. 홍커우 공원의 명칭은 현재 사라지고 중국의 위인 루쉰의 이름을 따서 루쉰 공원으로 이름이 바뀌었기 때문에 우리는 지하철을 타고 루쉰 공원으로 갔다. 1시간 이상 지하철을 타고 가야 해서 나름 멀었지만 역사적 사명감을 가지고 역사의 현장을 간다는 설렘을 가지고 갔다.

윤봉길 의사 기념관

지하철 역에서 내리니 바로 보이는 것은 홍커우 경기장이었다. 상하이 지역 축구팀인 상하이 선화의 홈구장이기도 한데 그 경기장 바로 근처에 루쉰 공원(鲁迅公园)이 있었다. 이 공원은 중국의 대문호이자 사상가인 루쉰을 기념하기 위해 세운 공원인데 과거에 홍커우 공원

(虹口公园)이라고 불려서 우리 역사 교과서에는 홍커우 공원이라고 등장한다. 윤봉길 기념관이 자리 잡고 있으며 한국인이라면 응당 알아야 할 역사책에 빠짐없이 등장하는 윤봉길 의사의 의거가 일어난 곳, 상하이 홍커우 공원이 바로 이곳이다. 지금은 외곽의 한적한 공원이 되어 지역민들의 사랑받는 공원으로 산책하거나 조깅하는 사람들이 대부분이지만 백 년 전에는 뜨거웠던 조선 청년의 의거로 일제의 통치에 경종을 울려준 사건이 일어난 곳이다.

호수와 이름 모를 나무들, 운동하는 중국인 할아버지, 할머니들이 있는 이곳에서 1932년 4월 29일 히로히토 천황의 천장절 기념행사가 열렸고 조선의 청년 윤봉길 의사가 물병 폭탄을 던져 당시 일본군 사령관 대장 시라카와 요시노리, 해군 중장 노무라 기치사부로, 육군 중장 우에다 겐키치, 주중공사 시게미츠 마모루 등이 죽거나 다쳤는데 특히 육군대장 시라카와는 일개 병사에서 대장의 지위까지 오른 인물이라 일본인들이 존경하는 인물이었다. 주중대사였던 시게미츠는 죽지 않고 살아남아서 1945년 9월 미 군함 미주리호에서 항복문서에 서명하는데 그때 발을 절뚝거린다. 바로 홍커우 공원에서 벌어진 윤봉길 의사의 의거로 인한 후유증이었다. 윤봉길 의사의 의거 후 전 세계는 이 사건을 대서특필했고 당시 중국 국민당 총통이었던 장제스가 감탄을 금치 못하며 대한민국 임시정부를 지원했다는 이야기는 매우 유명하다. 윤봉길 의사는 체포되고 12월 19일 가나자와 육군형무소에서 총살로 거룩한 생을 마감하게 된다.

루쉰 공원 앞 놀이터에서

비가 촉촉하게 내린 후에 공원은 약간 가을 냄새가 나면서 걷기에
더없이 좋아 보였다. 아이와 함께 이런 역사의 현장에 오게 되어 좋
았지만 아직은 전혀 이런 내용을 알지 못해서 아쉽기도 했다. 학교
에서 배우고 난 다음 이런 역사의 현장에 와서 상상해보면 더 크게
다가오지 않았을까 하는 생각이 들었다. 당시 사람들의 열기와 함성,
윤봉길 의사와 김구 선생의 의지가 생각나는 곳이었다. 루쉰 공원을
한 바퀴 돌고 나오는 길에 놀이터가 하나 있어서 그곳에서 아이는
즐거운 시간을 보냈다. 중국 할아버지들이 운동을 많이 하고 계셔서
우리도 잠깐 그 속에 들어가 이것저것 기구를 만져보면서 여유로움
을 즐겼다. 상하이 시내로 돌아와서는 저녁으로 또 샤오롱바오를 먹
었다. 여기 와서 샤오롱바오를 참 많이 먹은 듯했다. 아내와 동생이
많이 좋아해서 자주 먹었는데 한동안 생각이 안 날 정도였다. 저녁
에는 짐을 챙겨서 공항 호텔로 갔다. 아침 8시 30분 비행기여서 시
간을 맞추기가 어려웠기 때문이다.

R2D2와 함께 공항으로

마지막 중국 식사

상하이로 들어왔던 자기 부상 열차를 타고 다시 공항으로 갔다. 우리가 묵었던 숙소는 다종 공항 호텔(大众空港宾馆)로 처음 공항 안에 있는 호텔을 이용해봤다. 체크 인을 하고 공항 안에서 저녁을 사먹었다. 벌써 떠나는 기분이 들어서 아쉬움이 컸다. 우육면과 닭다리 조림, 볶음밥, 곱창 국수, 채소볶음 등을 주문해서 먹고 스타벅스에서 여행 마지막 날의 끝을 나눴다. 그리고 다음날 6시 30분이 되자 다들 벌떡 일어나 짐을 챙겨 수속을 마친 다음 비행기를 타고 황해를 건너 인천 국제공항으로 왔다. 비행기 안의 스튜어디스들이 아이를 매우 귀여워해 줬다. 도착한 우리나라는 비 내리고 다소 흐렸던 상하이와는 다르게 푸른 하늘 이름대로 화창하고 따사로운 햇살이 내리쬐고 있었다. 아이는 잠을 못 자서 피곤해했지만 다들 아픈 곳 없이 무사히 도착했다. 수많은 대륙인의 모습이 뇌리에 남는 여행이었다.

다종공항호텔

# 가깝고도 먼 그곳, 큐슈

만 4살 아이와 일본 큐슈 준비

나에게 있어서 일본은 다른 나라들보다는 각별하게 느껴지는 점이 있다. 역사를 좋아해서 세계 여러 나라의 역사도 좋아하는데 우리와 가장 밀접하게 만나는 나라라면 중국과 일본을 꼽을 수 있다. 우리가 자리 잡고 있는 동북아시아에 유럽이나 동남아처럼 많은 나라가 없어서 그렇겠지만 이 두 나라 중에서는 일본에 더 관심이 많이 갔는데, 그건 무사의 나라로 사무라이 정권이 세워진 것, 제국주의 시대에 열강으로부터 문호를 개방하고 근대화에 성공한 것, 우리나라를 침략하고 식민지 삼아서 많은 고통을 준 것 때문에 이런 것들을 조금 더 현지에서 정확히 알고 싶어서 대학 당시 유학을 다녀오기도 했다. 그때 올바른 역사의식을 가진 학과 친구들도 만났고 다양한 활동을 하고 싶어서 미술, 봉사, 가라데 동아리에 가입했는데 거기서 알게 된 친구들도 나라만 다르지 하는 건 똑같았다. 기숙사에서 살았지만 홈스테이 이벤트도 있어서 그때 참가해서 만났던 노부부와 동네 사람들, 도움 주시던 대학 봉사 아주머니와 할머니들도 만나면서 여러 경험을 쌓기도 했다. 항상 좋은 사람들만 만난 건 아니지만 그래도 거의 대부분 좋은 인연으로 도움을 많이 받고 생활했었다. 그러면서 꼭 가고 싶은 일본 지역으로 큐슈가 있었다. 내가 유학했던 도시와 멀리 떨어져 있었고, 주로 혼슈에 있는 도시들을 방문해 봤는데 일본의 본토 섬 중에서 가장 밑에 있는 큐슈에 가서 그곳에 있는 역사 현장이나 사람들의 모습을 보고 싶다는 생각이 있었다. 비록 무더운 여름이어서 큐슈 또한 살인적인 더위를 자랑했지만 멀리 나가기에는 시간이 부족하고 오히려 여름에는 걷고 돌아다니는 여행이 힘드니 가까운 큐슈 일주로 여행지를 정했다.


일본 음식은 자극적이거나 부담스럽지 않고 우리 입맛에도 잘 맞고 아이도 잘 먹기 때문에 여행지로 고르는데 이견이 없었다. 곳곳을 돌아다닐 큐슈는 우리나라 경상도보다 크기가 넓은 지역으로 꽤 넓기 때문에 아이가 있는 사정상 대중교통을 타고 다니면서 이동하기에는 힘들어서 렌트하기로 했다. 여러 도시를 이동하면서 다닐 거라서 짐을 챙기고 풀고 하는 것도 일이었고 더군다나 어머니와 아이도 함께 있기 때문에 대중교통을 타면 정류장이나 터미널, 역까지 가는 것과 거기서 이동해서 다시 숙소로 이동하고 하는 것들이 번거로울 것 같아서 렌트해서 가기로 했다. 가까운 나라이고 약 같은 것은 현지에서도 살 수 있으니 아이의 건강에 대한 걱정은 딱히 들지는 않았다. 어린이집을 다닐 정도의 나이가 되어서 곧잘 따라다니고 혹시나 열이 나거나 아프면 현지 약국이나 병원을 가면 되니 말이다.

큐슈(九州)는 '9개의 주'라는 이름으로 수많은 섬이 있는 일본 열도에서 가장 큰 본섬 4개 중 하나이다. 이 외에 시코쿠(四國), 혼슈(本州), 홋카이도(北海道)가 있다. 큐슈에는 현재 9개의 주는 없고 7개의 현이 있는데 큐슈라는 이름의 유래는 옛날 9개의 쿠니(행정구역)가 있어서 이러한 지명이 된 것이다. 현재 큐슈의 7개 현은 후쿠오카 현, 나가사키 현, 구마모토 현, 가고시마 현, 미야자키 현, 오이타 현, 사가 현으로 우리가 방문할 예정인 곳은 총 5개 현, 큐슈 일주를 할 생각이었다. 후쿠오카에서 시작해 나가사키, 구마모토, 가장 남쪽에 위치한 가고시마를 찍고 미야자키를 갔다가 돌아오는 루트였다. 이를 위해서 미리 자동차 렌트 예약도 하고 국제 면허증도 만들어 놓았다. 예전에 오키나와에서 운전을 해본 적이 있었기에 일본 현지 운전에 대한 자신감은 어느 정도 붙은 상태였다. 여행의 첫 출발지인 후쿠오카는 한반도와 지리적으로 매우 가깝기 때문에 한국어로 된 설명이 굉장히 많고 한국인들도 많다고 했다. 나가사키는 나가사키 짬뽕과 카스텔라가 유명하고 일본 역사 인물 중 사카모토 료마가 지냈던 곳으로 유명했디. 그리고 제2차 세계 대전 당시 히로시마와 더불어 원자폭탄이 떨어진 곳이었다. 구마모토는 임진왜란 당시 조선을 침략할 때 선봉에 섰던 가토 키요마사의 고장으로 알려져 있으며 구마모토 성과 라멘이 유명했다. 가고시마는 사쿠라지마라는 화산이 유명했고, 일본 제국주의 당시 사츠마 군벌로 유명한 곳이었다. 미야자키는 일본 고대의 신화가 살아있는 곳으로 남국의 경치를 여실히 보여주는 곳이었다. 나머지 사가 현과 오이타 현은 제외였는데 그곳은 온천이 유명한 곳이라 더운 여름에 굳이 온천을 즐길 생각은 없어서 제외하게 되었다.

우리가 가려는 큐슈는 일본 역사에서도 도래인들이 주로 왔던 곳이고 일본 고대 신화, 전설이 많이 남아있는 곳이기도 하다. 그래서 일본 고대 국가인 야마토의 위치에 대해서도 큐슈인지 간사이 지방인지 이견이 있기도 하다. 도쿠가와 막부 시절 쇄국정책을 폈던 일본이 유일하게 개방했던 곳이 나가사키였고, 임진왜란 당시 침략의 전초기지가 바로 큐슈이기도 했다. 그리고 메이지 유신 이후에는 사츠마 군벌로 대표되듯 일본 제국주의의 중심 역할을 한 곳으로 대륙 진출의 용이함 때문에 많은 군수공장이 세워지기도 했다. 그리고 그 발전의 이면에는 많은 조선인이 강제 징용당하는 아픔이 있었다. 이렇듯 고대부터 현대까지 한반도와 밀접한 관계를 맺지 않을 수 없는 지역이기에 가깝고도 먼 나라라고 불리는 일본에서 그 의미를 더욱 부각하는 지역이라고 할 수 있다.

일본 본섬에서 가장 남쪽에 위치해 있기 때문에 날씨가 후덥지근한데 사계절 중 여름을 가장 좋아하는 나에겐 최상의 입지조건이었다. 나중에 산다면 아열대 기후에서 살고 싶다는 생각을 많이 하는 나였기에 추운 것보다는 더운 것이 훨씬 좋았다. 비록 한여름이라 날씨가 너무 덥지 않을까 살짝 걱정은 되었다. 그리고 태풍도 자주 불어오기에 떠나기 전 기상 체크를 해서 태풍이 오지 않나 확인을 했다. 그리고 가고시마 같은 경우는 사쿠라지마라는 활화산이 있기 때문에 어떤 모습일지 기대가 되었다.

짐은 여름이기 때문에 가볍게 챙겼다. 어머니도 작은 캐리어 하나가 전부였고, 나와 아내의 짐보다 오히려 아이의 짐이 많을 정도였다. 모자와 선크림 등 여름 필수품을 챙기고 티셔츠, 반바지 등 챙겨서 악명 높은 우리나라의 여름보다 더 더운 큐슈의 햇빛에 대비해야 했다. 우리나라도 여름에는 열대야에 기온이 30도는 우스울 정도로 급상승하는데 위도가 우리보다 밑인 큐슈도 만만치 않아서 그 이상이면 이상이지 우리나라보다 온도가 낮지 않았다. 그래서 차로 이동하면서 내내 에어컨의 도움을 받지 않았더라면 아마 녹았을 것 같았다. 환전은 일단 일본이 신용카드가 잘 안되니 현금은 식비와 예비비 정도로만 챙겨 갔다. 호텔이나 다른 곳에는 미리 예약을 해놓고 결제는 카드로 할 수 있어서 식비로 조금 넉넉하게 환전을 했다. 이렇게 준비를 끝낸 우리는 5박 6일의 큐슈 일주 여행에 올랐다.

# 일본 열도의 첫 관문

2018년 8월 10일(1일째)-후쿠오카 국제공항, 쿠시다 신사,
후쿠오카 타워

후쿠오카 시내

비행기 시간이 오후 시간이어서 여유 있게 아침에 일어나서 짐을 챙기고 어머니를 만나서 대구 국제공항으로 출발했다. 오랜만에 인천 국제공항이 아닌 지방 공항을 이용해서 외국을 나가게 되었다. 내가 사는 도시에서 인천보다는 가까워 시간 여유가 조금 더 있었다. 고속도로를 2시간 달려서 공항에 무사히 도착했다. 한여름이라 그런지 한국은 찌는 듯한 더위와 함께 비가 오락가락해서 찜통을 방불케 했다. 출국 수속을 하고 아담한 공항 로비에서 기다리다가 이윽고 비행기를 타고 이륙했다. 아이는 예전에 유럽 가던 것이 생각났는지 왜 밥을 안 주고 만화를 못 보냐면서 계속 투덜댔다. 비행시간이 짧고 자주 운항을 하기 때문에 유럽 가던 비행기보다 작아서 좌석 시트 앞에 패널이 없어서 만화를 못 보니 투덜거림이 있었다. 배고 고팠는데 기내식도 없어서 더 그런 생각이 났나보다.

깊이 잠든 아이

1시간이 지나니 후쿠오카 국제공항이 착륙했다. 이때까지도 조잘거리던 아이는 공항에서 숙소 가는 택시 안에서 잠이 들었다. 내가 조수석에 앉아서 갔는데 거리가 밀리길래 운전사 아저씨에게 여쭈니 일본도 휴가철이라서 거리가 조금 밀린다고 했다. 미터기가 우리나라보다 빠르게 올라가는 숫자에 마음이 급해지긴 했지만 무더운 날씨에 택시로 바로 후쿠오카 시내까지 가는 것이 여러모로 좋아 보였다. 호텔에 도착해서까지 아이는 잠자고 있어서 체크 인을 하고 침대에 눕혔을 때에도 깨지 않았다. 아직은 여기가 일본인지도 후쿠오카라는 도시인지도 모르는 모양이다. 후쿠오카는 후쿠오카 현의 현청 소재지이자 큐슈를 대표하는 도시로 인구가 제일 많다. 일본에는 광역시가 없는 대신 정령지정도시라는 제도가 있는데 키타큐슈와 더불어 큐슈에서 정령지정도시로 지정된 도시이다. 대개 일본 7대 도시하면 도쿄, 오사카, 교토, 나고야, 삿포로, 센다이 그리고 후쿠오카를 꼽는데 각 지방을 대표하는 도시면서 인구가 많기 때문이다. 후쿠오카는 우리나라와 무척 가까운 도시로도 유명한데 부산에서 200km 정도 밖에 안된다고 한다.

후쿠오카에서 첫 식사

간단하게 짐 정리를 한 다음에 거리로 나왔다. 아이는 여전히 자고 있어서 내가 안고 거리를 걷기 시작했다. 오후의 따사로운 여름 날씨지만 미세먼지 하나 없는 맑은 날씨에 하늘은 파랗고 거리는 노을 지고 약간 황금빛으로 물들기 시작하는 것이 기분이 좋았다. 기온이 높아서 그런지 빌딩 중에서는 냉풍기를 활용해 거리에 시원한 바람을 내보냈다. 후쿠오카 시내에서 유명한 초밥 가게를 갔는데 벌써 대기하는 사람들이 있어서 20~30분 정도 기다렸다가 식사를 했다. 앞에 줄을 섰던 서양인은 갑자기 우리에게 말을 걸더니 여기 정말 맛있다고 칭찬을 했다. 기다리는데 시간이 있어서 중간에 아이와 함께 옆에 편의점에서 냉차와 삼각김밥 등 간단히 먹을 수 있는 걸 사왔다. 일본에서 회전초밥이 아닌 주문해서 먹는 초밥 가게로는 처음 가보는 것이었는데 신선하고 맛있었지만, 어머니와 아내는 우리나라에서 먹는 것과 똑같다며 놀라워하지는 않았다. 모둠 초밥을 종류별로 2개, 대왕 전복 튀김, 꽃게 미소시루 등을 주문해서 먹었다. 배를 든든히 채우고 나온 거리는 여전히 오후의 신선한 바람이 불어오고 있었다. 미세먼지 하나 없이 깨끗한 하늘과 깨끗한 거리를 보고 있자니 걷는 것만으로도 웃음이 나왔다. 나카스 강 다리에서 본 풍경이 잔잔하면서 근사했다. 거리를 걷다가 이내 간식을 먹고 싶은 아이를 위해 편의점에 들려서 샌드위치와 초콜릿 과자 등을 샀다.

쿠시다 신사

우리의 첫 번째 목적지는 쿠시다 신사(くしだじんじゃ, 櫛田神社)였다. 일본 고대 헤이안 시대 757년에 세워진 신사는 후쿠오카의 옛 이름인 하카타를 지키고 영생과 번영을 담당하는 신을 모시는 신사이다. 신사(神社)는 일본 고유 종교인 신도(神道)의 사원으로 일본의 종교라기보다는 오히려 문화의 일종으로 일상적인 삶에 스며들고 있으며 어느 동네를 가도 신사는 꼭 있다. 신사도 급이 있어서 급이 높은 신사를 신궁(神宮)이라고 부르는데 유명한 신궁이 일본 도쿄에

있는 메이지 신궁(明治神宮)이다. 우리나라도 일제 강점기 당시에 식민 지배의 상징으로 서울 남산에도 조선신궁(朝鮮神宮)이 있었다. 구시다 신사는 1587년, 임진왜란이 일어나기 전 토요토미 히데요시가 후쿠오카의 영주 쿠로다 나가마사에게 명령하여 재건되었는데 이곳에 있는 은행나무는 천 년이 넘었다고 전해진다. 이 은행나무는 현의 자연 기념물로 지정되어 있다. 쿠시다 신사가 한국인들이 알아야 할 중요한 장소인 것은 바로 명성황후 시해에 사용되었던 일본도가 보관되어 있기 때문이다. 히젠도(肥前刀)라는 이름으로 칼집에 '일순 전광자노호(一瞬電光刺老狐)'라고 적혀 있다. 뜻은 '늙은 여우를 전광석화처럼 순식간에 베었다.'라는 뜻으로 분개를 자아내는 문구였다. 신사 안은 사람들도 별로 없고 고즈넉한 분위기만 풍겼다. 아이는 내가 없을 때 신사 앞에 손을 씻는 곳이 물을 마시는 곳인 줄 알고 물을 떠 마셨다. 나는 괜찮을까 하고 깜짝 놀랐지만 배가 아프거나 하지는 않았다.

나가스 포장마차촌

신사에서 나와서 후쿠오카 시내를 걸어보았다. 걸어가는 길에 캐널시티도 보였다. 캐널시티 하카타(キャナルシティ 博多)는 내부가 인공운하가 있는 이색적인 곳이었는데 유명한 쇼핑몰로 항상 사람들로 붐비는 곳이었다. 지나서는 나카스 포장마차촌이 보였다. 노천 광장에 포장마차가 줄지어 있고 맥주, 꼬치 등을 팔고 있었는데 다들 벌써부터 한 잔씩 즐기고 있었다. 우리는 버스를 타고 다음 목적지를 향해 갔다. 일본에서 버스 타는 것은 나도 유학 이후로 처음이라서 거의 10년 만에 타는 것이라 처음에는 자신 있게 탔지만 조금 얼떨떨했다. 버스를 타고 우리가 향한 곳은 후쿠오카 타워였다. 가는 길에 지역 야구팀이자 일본에서도 강팀인 소프트뱅크 호크스의 홈구장이 보였다. 홈구장인 후쿠오카 돔은 일본 최초이면서 유일한 개폐식 지붕이 있는 야구장인데 소프트뱅크에서 만든 것은 아니고 그전에 호크스를 갖고 있었던 일본 소매기업 다이에에서 1993년도에 개장한 구장이다.

버스 종점인 후쿠오카 타워 정류장에서 내렸다. 온몸을 조명으로 반짝이는 타워가 눈 앞에 보였다. 후쿠오카를 대표하는 랜드마크인 후쿠오카 타워는 1988년에 세워진 높이 234m의 송신탑이다. 일본 유수의 방송사의 설비가 있는 곳으로 우리에게도 익숙한 NHK와 아사히, 마이니치 등 여러 방송사의 송신소로 사용된다. 가장 높은 전망대까지는 약 70초면 가는데 높이 123m에 위치해있다. 전망대에서 후쿠오카를 조망할 수 있는데 1층에서 엘리베이터를 타고 이동했다. 사람들이 많지 않아서 가자마자 탈 수 있었는데 엘리베이터 안에서 설명하는 가이드분이 우리가 한국인인걸 알자 한국어로 능숙하게 설명도 해주었다. 한국어를 정말 잘해서 지금까지 만나본 일본인 중에서 가장 잘했던 것 같다. 아이도 일본 사람이 왜 한국어를 잘하냐고 놀라워했다. 전망대에서 후쿠오카의 야경을 감상하고 1층으로 내려왔다. 아이는 스탬프 찍는 것을 재미있어하면서 기념으로 하나 찍었다. 다시 버스를 타고 호텔이 있는 시내까지 돌아왔는데 유학생 시절에 혼자 타던 버스 생각이 났다. 돌아오는 길에는 야구 경기가 끝났는지 구장에서 사람들이 엄청나게 나오고 있어서 진풍경이었다.

후쿠오카 타워

야식으로는 그 유명한 하카타 라멘(博多ラ—メン)을 맛보러 갔다. 하카타 라멘이 이 지역을 대표하는 라멘인데 이름의 유래는 과거 지명에서 왔다. 후쿠오카라는 지명은 현재 이 도시의 서쪽 지역으로 사무라이들이 거주하던 곳이었고, 동쪽은 하카타라고 다른 도시였는데 통합되면서 지명 투표에서 후쿠오카가 되었기에 도시 이름이 후쿠오카가 된 것이다. 대신 항구, 역 명칭은 하카타를 쓰면서 공존하고 있다.

라멘은 비록 중국에서 유래되었지만 일본에서 꽃 피워 대중화되었으며 전 세계에 퍼져있는 요리 중에 하나로 우리나라에서도 많은 라멘 가게들이 포진해있다. 일본 라멘은 크게 돈코츠, 시오, 미소 라멘으로 나뉠 수 있는데 돈코츠는 돼지 사골 육수를 활용한 것이고, 시오는 소금, 미소는 된장을 뜻한다. 하카타 라멘은 그중에서 돈코츠 라멘으로 전국적인 유명세를 자랑하는 후쿠오카의 자랑이다. 부산에 돼지 국밥이 있으면 후쿠오카에는 돈코츠 라멘이 있다고 해도 과언이 아니다. 하카타 라멘을 먹자니 예전 도쿄에서 일본인 친구와 야타이에서 밤에 먹었던 기억이 났다. 이 하카타 라멘은 야타이 같은 포장마차나 개인 식당도 엄청 많지만 잇푸도(一風堂)라고 하는 거대 체인점이 있어서 일본 전국에 체인점이 있고 유명해서 나도 내가 유학하던 도시에 잇푸도 체인점이 생겼다고 일본 친구들이 그러길래 간 적이 있었다. 일반 라멘 국물과는 다르게 묵직하면서 걸쭉하고 입술이 반들반들해질 정도로 맛이 있는 라멘인데 속을 따뜻하면서 든든하게 해 주었다. 이렇게 큐슈의 첫날밤이 저물어갔다.

후쿠오카 시내

후쿠오카 야경

# 카스테라(カステラ)의 본고장

2018년 8월 11일(2일째)-다자이후, 나가사키 시가지

사랑했던 조식

후쿠오카에서의 첫 아침이 밝았다. 그리고 일본식 조식을 먹었다. 평소 담백한 식단을 좋아하는 나로서는 마음에 드는 식단이 아닐 수 없었다. 쌀밥에 미소시루, 낫토, 스크램블, 고등어구이, 소시지, 해초나물 등으로 아침이지만 배가 불러올 정도로 먹었다. 아이는 시리얼과 요거트가 없어서 실망했지만, 나는 맨날 이렇게 먹고 싶다면서 고봉밥으로 2번이나 먹다가 결국 체하고 말았다. 나처럼 낫토를 좋아하는 아내와 어머니는 다소 한심스럽다는 듯이 쳐다보았다. 짐을 정리하고 체크 아웃을 한 다음 렌트카 업체까지 걸어가기로 했다. 불룩해진 배를 가라앉힐 겸 후쿠오카의 아침 거리를 느끼고 싶어서 버스를 타지 말고 걷자고 제안했다. 일본 여행 오기 전에 있었던 더위로 인한 멀미도 낫고 완전 물 만난 고기 같아 보인다고 아내가 말했다. 가는 길에 작은 시장에서 과일이나 생선 파는 것을 구경하는 것도 재미가 있었다. 아이는 더운지 내내 말이 없었지만 그래도 곧잘 따라왔다.

아내와 어머니

이윽고 렌트카 업체에 도착했더니 수많은 사람이 기다리고 있다. 일본도 휴가 기간이어서 렌트하러 온 사람들이 많았다. 한 20분 정도 기다린 다음에 직원으로부터 설명을 듣고 차를 받아서 오랜만에 다시 일본에서 운전을 했다. 에어컨을 빵빵하게 틀고 운전을 하니 이내 차 안은 시원해졌고 아내와 어머니, 아이의 얼굴에도 미소가 피어올랐다. 오늘 나가사키를 거쳐서 구마모토를 갈 예정이었기에 일단 목적지는 나가사키로 정해서 갔다. 가는 길에 다자이후 텐만구(太宰府天滿宮)가 있어서 그곳을 들렀다 가기로 했다. 다자이후 시(太宰府市)는 고대 큐슈 방어 및 외국 사신의 접대가 이루어진 다자이후에서 유래했는데 후쿠오카에서 16km 정도 떨어진 위성도시 역할을 하고 있다. 이곳에 있는 다자이후 텐만구는 919년에 창건되었는데 우리로 치면 후삼국 시대에 창건된 역사가 깊은 신사이다. 이곳이 전국적으로 유명한 이유는 일본 학문의 신인 스가와라노 미치자네(菅原道眞)를 모시고 있기 때문이다. 스가와라노 미치자네는 헤이안 시대에 뛰어난 문인이자 지식인으로 낮은 신분이었지만 높은 벼슬을 한 인물이다. 당시 당나라에 사신을 보내던 견당사 제도가 일본에 있었는데 건의하여 견당사를 폐지하고 후에 일본의 국풍 문화를 일으키는데 일조했다고 전해진다. 당시 권력을 잡고 있었던 후지와라 일족에게 모함을 당해 이곳 다자이후로 좌천당하고 이곳에서 죽게 되는데 후에 교토에서 천재지변이 빈번하게 일어나고 후지와라 가문의 대가 끊기는 일이 발생하자 스가와라노 미치자네의 저주라고 생각하여 이 인물을 신으로 숭배하기 시작했다.

공부의 신 되기

학문의 신이자 천재로 일컬어지는 스가와라노 미치자네는 어찌 보면 당대 비슷한 시기를 살았던 통일신라의 최치원과 비슷한 점이 많은 인물이었다. 이런 인물을 모시는 신사이기 때문에 일본에서 수험생들이나 부모들이 와서 인산인해를 이룬다고 한다. 매년 많은 참배객이 오기로 전국적인 유명세를 치르는 신사였다. 스가와라노 미치자네의 시신도 이곳에 안장되어 있다고 한다. 이날도 신사 가는 사람들이 정말 많은지 도로에는 자동차들이 거북이처럼 기어갔다.

신사 경내

드디어 학문의 신이 있는 다자이후 신사에 도착했는데, 자동차에서 내리자마자 진짜 날이 섭씨 40도인지 찌는 듯한 더위에 정신을 못 차릴 정도였다. 주차장에서 신사 입구에 도착하기도 전에 지쳐서 물을 사 먹으러 가게에 몇 번을 갔다. 어머니는 양산을 펼쳐 들고 다니셨다. 아이에게는 이때 처음으로 라무네(ラムネ)를 사줘서 맛보도록 했다. 구슬이 안에 있어서 나올 듯 말 듯 라무네의 장난이 재미있었는지 아이는 호기심을 보였다. 도착한 도리이 앞에서 시주를 받고 있는 스님의 염불 소리가 들렸는데 땀이 뚝뚝 떨어지는 날씨 속에서 스님이 쓰러지지는 않을까 걱정이 될 정도였다. 신사 안에는 휴일이라 많은 일본인이 입시 운을 받기 위해 황소 상을 만지고 기도를 하려고 줄을 서 있었다. 이 황소 상을 만지면 머리가 좋아진다

는 속설이 있었다. 본전에도 참배하려는 사람들로 내리쬐는 햇빛이 무색하게 줄이 길게 늘어서 있었다. 신관과 무녀들이 참배객들을 맞이하고 있었는데 색다른 풍경이었다. 우리는 참배를 하러 온 게 아니니 둘러보기만 했다. 아이는 더워서 얼굴이 벌게져서는 점점 말이 없어졌다. 내려오는 길에는 빙수를 팔길래 딸기시럽을 뿌린 빙수를 사서 빨대를 꽂아 아이 손에 쥐어주었다. 차에 타서는 나가사키로 가는 길 내내 아내와 아이는 깊은 낮잠을 잤다.

줄이 늘어선 다자이후 텐만구

나의 고속도로 데뷔를 무사히 마치고 나가사키에 도착했다. 우리나라와는 차선이 반대이기 때문에 우회전하기가 아직 익숙하지 않아서 뒤차의 도움과 민폐를 끼치며 시내로 들어올 수 있었다. 나가사키는 나가사키 현의 현청 소재지로 인구는 40만 정도로 작은 도시이지만 그 이름은 전국을 넘어 전 세계적으로 알려져 있다. 우리나라에서도 일본사를 배울 때 꼭 알고 넘어가는 도시인데 2가지 이유가 있다. 첫 번째로는 도쿠가와 막부 시대인 일본 근세 시대에 일본은 쇄국 정책을 펴고 있었는데 전국에서 유일하게 상관을 열어서 서양과 교류를 했던 곳이 나가사키였다. 데지마(出島)라고 하는 섬에 네덜란드 상관을 두어 무역을 했던 것이다. 그래서 일찍부터 서양 문물을 받아들일 수 있는 기반이 되었고, 중국이나 조선과 교류도 활발했다. 두 번째는 제2차 세계 대전의 원자폭탄 투하로 피해를 받은 도시라는 것이다. 본래 고쿠라와 히로시마에 터트리기로 한 원자폭탄인데 당시 기상 상황이 좋지 않아 나가사키에 터지게 된 비운의 운명을 타고났는데 이로 인해 도시는 완전히 쑥대밭이 되었다. 내가 이 도시에 관심을 갖게 된 것은 사카모토 료마가 활약한 도시이기 때문이다. 산이 많은 지형에 앞은 항구가 있어서 작은 부산과도 비견되는 이 도시의 거리는 깨끗하고 번잡하지 않아서 지금은 평화로운 스카이 라인을 보여줬다. 이런 일 때문인지 나가사키는 반전주의가 강한 도시이기도 하다.

노면전차가 다니는 나가사키

조선인들이 강제로 징용되어 험한 삶을 살았던 군함도가 바로 나가사키에서 멀지 않은 곳에 있다. 전범 기업 중에 하나인 미츠비시 중공업, 조선소가 있는 곳으로 우리의 시선으로는 마음이 편하지 않는 곳이기도 했다. 군함도는 하시마섬의 별칭으로 조선인들이 인간 이하의 취급을 받으며 탄광 일을 했던 곳인데 일본은 이곳을 메이지 유신 이후 산업화의 경제 발전이란 내용으로 해서 세계문화유산 등재를 추진하였고 결국 2015년에 세계문화유산으로 등재되었다. 여행 계획을 세울 때 나가사키를 오니 군함도 방문도 넣으려고 했지만 일본의 제대로 된 조선인 강제 징용의 설명이 삭제된 군함도 방문은 의미가 없을 듯해서 가지 않기로 했다.

카스테라 원조 후쿠사야

나가사키 시내에는 노면 전차가 다녀서 뭔가 예스러운 풍경을 자아

냈다. 현재도 운행되고 있어서 색다른 도시 분위기를 연출했는데 우리나라에는 없는 도시 풍경이라 눈길이 갔다. 이곳은 일본 카스텔라의 본고장으로 유명했는데 포르투갈 상인이 가지고 온 카스텔라를 일본 현지 입맛에 맞게 바꾼 것으로 빵 밑에 자라메(ざらめ)라는 굵은 설탕을 깔아 구워서 달콤하면서 씹는 맛이 있었다. 우리가 방문한 후쿠사야(福砂屋)는 나가사키에서 매우 오래된 가게로 에도 시대 저택에 내부는 고풍스럽게 꾸며져 있었다. 1642년에 창업했다고 하니 일본 카스텔라의 원조다웠다. 내가 점원에게 이 가게가 일본에서 가장 맛있는 카스텔라 가게냐고 물어보니 웃으면서 그렇다고 했던 기억이 난다. 카스텔라 한 상자를 사서 나온 다음 거리에서 인기를 끌었던 수플레 팬케이크를 먹기 위해 시내에 있는 카페에 가서 잠시 쉬는 시간을 가졌다. 커피와 팬케이크, 밀크 아이스크림을 주문해서 아이는 아이스크림을 뚝딱 해치웠다. 그러고는 조금 추워서 아내가 얇은 점퍼를 입혀주었다.

데지마

이곳은 역사가 깊은 무역항이기 때문에 규모는 크지 않지만 차이나 타운이 있었다. 일본에서 차이나 타운하면 요코하마와 고베의 차이나 타운이 유명했는데 이곳은 소박하면서 작은 골목길로 금방 돌아볼 수 있었다. 나와서 조금 걸으니 우리가 목적한 데지마가 나왔다. 데지마는 1636년 도쿠가와 막부가 나가사키에 건설한 인공섬으로 크기는 그렇게 크지 않다. 네덜란드만 교역했던 이유는 당시 유럽은 대항해 시대로 불리며 영국, 프랑스, 네덜란드, 스페인, 포르투갈 등 많은 나라가 전 세계를 탐험하던 시기로 이후에는 가톨릭 전파나 식민 지배를 위한 무력을 들고 나왔는데 네덜란드는 오로지 무역만을 원해서 네덜란드만 통상이 허락되었다. 그 후 일본이 강제로 개항하기 전까지 200여 년의 시간 동안 일본의 창구로 활약하게 되었다. 이때 들어온 네덜란드 학문은 난학(蘭学)이라고 불리면서 일본 지식인들에게 영향을 끼치는 서양 학문이 되었다. 1859년에 폐쇄되었는데 이후에는 잊혔다가 지금은 나가사키에서 복원 사업을 계속하고 있어서 어느 정도 복원이 되어 입장이 가능했다. 이 좁은 공간에서 일했을 네덜란드 상인과 관리들이 얼마나 답답하고, 또 일본인의 눈으로는 얼마나 이색적으로 보였을까 상상이 되었다.

데지마를 지나서 해변 쪽으로 발을 돌리니 어느새 오우라 천주당(大浦天主堂)이 나왔다. 옥빛 지붕에 하얀 외벽이 인상적인데 지붕은 나무로 지어졌다. 정식 명칭은 '일본 26 성인 순교자 성당'으로 일본에서 현재 존재하는 크리스트교 건축물 가운데 가장 오랜 역사를 자랑한다. 26 성인은 1597년 토요토미 히데요시의 명령으로 처형된 순교자들을 의미한다. 순교자 중에서는 스페인, 멕시코, 포르투갈인도 있었다. 우리처럼 일본도 과거에 크리스트교 박해 사건이 꽤나 일어났었다. 이 때문인지 예전 교황인 요한 바오로 2세가 일본을 방문했을 때 나가사키도 온 적이 있었다. 이 성당은 아직은 메이시 유신이 되기 전인 1864년에 완공되었다고 한다. 성당 내부는 우리나라에서도 오랜 역사를 자랑하는 전주 전동성당이나 대구 계산성당 같은 분위기를 연출했고 웅장하고 위엄있는 성당이 아닌 따뜻한 예수 그리스도의 사랑이 느껴지는 공간이었다. 나가사키에 원자폭탄이 떨어진 1945년 8월 9일의 폭발 지점과는 거리가 있었기 때문에 붕괴되지 않았다고 했다. 현재 일본의 국보로 문화재 가치를 인정받고 있는 성당이었다.

오우라 천주당

구라바엔 가는 길

성당 앞에서 왼쪽으로 난 길을 올라가다 보면 일본 근대화 당시 상인이었던 글로버의 저택이 있었던 구라바엔(グラバー園)으로 갔다. 영국인 글로버는 나가사키가 개항한 이후 무역을 하기 위해 왔는데 정부 고위 인사들과 관계하면서 여러 가지를 팔았는데 특히 무기 판매로 거대한 부를 쌓았다. 그리고 일본인 아내를 맞이하고 1911년 사망할 때까지 일본에서 살았다. 전망이 매우 좋아서 그곳에서 나가사키 항이 한눈에 조망되었다. 일본에서 가장 오래된 목조 서양 건물로 1863년에 지어졌다고 한다. 글로버가 사망한 이후 주인이 여러 차례 바뀌었다가 소유권이 있었던 미츠비시 중공업에서 나가사키 시에 기부하여 공개되었다고 한다. 미츠비시 중공업에서 이 저택을 소유하게 된 계기가 이색적인데 당시 군함을 만들고 있었던 미츠비시 중공업에서 이곳에서 항만이 보이니 그것을 은폐하기 위해서 구입했다고 전해진다. 계속된 걸음에 지칠 법도 했지만 혼잡하지 않고 불어오는 바람이 산뜻한 이 도시를 걷는 것 자체가 즐거움이었다. 하지만 밤에 구마모토로 이동해야 했기에 저녁 식사를 하기로 했다.

나가사키 짬뽕과 중화 냉소바

저녁 식사는 나가사키에 왔으니 먹어봐야 하는 나가사키 짬뽕(長崎
ちゃんぽん)으로 정했다. 우리에게 짜장면이 있다면 일본에는 나가사
키 짬뽕일 정도로 중국 요리 중에서 현지화가 된 요리인데 우리가
생각하는 맵고 빨간 국물이 아닌 하얗고 담백한 맛이 매력적인 음식
이다. 시내의 유명한 중국 식당을 찾아갔는데 평점이 높은 만큼 서
비스도 좋고 맛도 좋아서 인상적이었다. 나가사키 짬뽕과 더불어 볶
음밥과 중화 냉소바를 주문했다. 볶음밥은 아이와 먹기 위해 주문했
고, 냉소바는 일본에서만 파는 중국 요리인데 여름 별미로 나오는
요리라서 주문했다. 나가사키 짬뽕은 담백하면서 시원하기도 하고
묵직했는데 사골 육수와 해산물로 맛을 낸 것이 매우 조화로웠다.
다들 좋아해서 식사를 마치고 주인아저씨에게 계산하면서도 너무 맛
있었다고 칭찬을 했다. 그리고 가게 앞에서 기념하려고 사진을 찍는
데 그것을 본 주인아저씨가 나와서는 우리 가족 단체 사진을 찍어주
었다. 일본에서 찍은 유일한 가족사진이 탄생하였다.

가족사진

이제 렌트카를 주차한 주차장으로 걸어가는데 좁은 도로에 전봇대가 늘어서 있고 전깃줄이 이리저리 얽힌 것이 인상적이라 아이와 아내, 어머니를 세워놓고 사진을 찍었다. 번잡하지 않아서 좋았던 나가사키였다. 짧은 나가사키 여행을 마치고 다시 큐슈 고속도로를 타고 구마모토를 향해서 갔다. 날은 어느새 어둑해져서 야간 운전을 하게 되었다. 중간에 히로카와 휴게소에 들렀는데 우리나라 고속도로 휴게소와 비슷해 보였다. 식당도 있고 지역 특산물을 파는 코너도 있었다. 큐슈, 특히 후쿠오카가 명란젓이 유명한 고장이라 그런지 명란젓 상품이 굉장히 많았다. 매운 명란젓이 유명했는데 명란젓 자체도 팔았지만 튜브로 만들어서 짜서 먹을 수 있는 명란젓도 있었다. 명란젓은 알다시피 한국 요리이지만 일제 강점기 부산에서 태어나 살았던 카와하라 토시오가 일본에 소개해서 일본 전국적인 요리가 된 것이다. 워낙 이것도 현지화가 되어서 그런지 한국 요리라고 아는 일본인은 거의 없다. 일본에서는 명란젓을 멘타이코(明太子)라고 하는데 이는 명태의 자식, 즉 명태 알을 의미하는 것으로 이름만 봐도 한국에서 유래했다는 것을 알 수 있다. 그런데 오래되고 워낙 인기가 있어서 고유명사처럼 쓰이니 그런 듯했다. 휴게소에서 다시 구마모토를 향해 달리기 시작했다. 구마모토 시내는 이미 한밤 중 같았다. 중간에 편의점에 들려서 물과 간단한 간식거리를 샀다. 저녁 8시가 넘어서 호텔에 도착한 우리는 널찍한 주차장에 주차를 하고 들어가서 체크 인을 한 다음 조식권을 챙기고 방에 짐을 풀었다. 특이하게 2층 침대가 있는 곳이어서 아이와 사다리 장난을 치면서 야식으로 컵라면과 삼각김밥을 나눠 먹고 잠이 들었다.

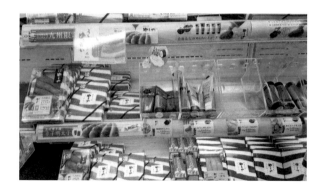

멘타이코

# 가토 키요마사에서 사이고 다카모리 까지

2018년 8월 12일(3일째)-구마모토 성, 센간엔 카페, 가고시마 시가지

구마무토의 강한 햇살을 받으며 일어난 뒤 어김없이 일본식 조식을 먹고 짐을 챙겼다. 매일 아침 먹어도 질리지 않는 식단이어서 아침마다 조식 먹는 시간이 즐거웠다. 구마모토에 온 이유는 단 한 가지 구마모토 성을 보기 위해서였다. 한국에서 일본어를 배울 때 일본어 강사 선생님 고향이 구마모토여서 구마모토 라멘에 대한 이야기를 참 많이 들었는데 이번에 먹어보기로 했다. 그러고 보니 일본은 도시, 지역마다 유명한 라멘이나 면 요리가 하나씩 있는 듯했다. 구마모토 시(熊本市)는 구마모토 현의 현청 소재지로 인구는 70만 명을 상회해 내가 살고 있는 도시와 인구가 비슷했다. 큐슈에서는 후쿠오카와 키타큐슈 다음으로 인구가 많았다. 밖에 나오자마자 후끈한 열기가 우리를 덮쳤다. 여행 내내 비가 오지 않았던 것은 축복이지만 너무 화창하게 내리쬐는 햇빛 덕분에 무더위로부터 견뎌내야 했다. 호텔에서 가까운 거리에 있는 구마모토 성을 가기 위해 서둘렀는데 이미 많은 방문객이 왔는지 주차장에 주차할 자리를 찾느라 이리저리 둘러보고 자리를 찾아 주차를 했다.

구마모토 성을 말하기 전에 일단 구마모토가 자랑하는 영웅이면서 우리에겐 숙적인 가토 기요마사를 알아야 한다. 1592년 임진왜란 침략을 단행한 토요토미 히데요시의 최측근인 가토 기요마사는 침략 당시 선봉이었는데 그가 전쟁 이후 돌아와서 세운 성이 구마모토 성이기 때문이다. 가토 기요마사는 임진왜란 당시 울산성 전투에서 조명 연합군의 공세에 우여곡절을 겪고 후퇴에 성공하는데 그때의 축성술과 고생을 경계삼아 난공불락으로 쌓은 성이다. 그래서 전쟁이 일어나면 공성전이 일어나 어떻게 될지 모르니 다다미에 말린 토란을 넣어 놨다고도 전해진다. 그리고 주변에 은행나무를 많이 심어 전쟁이 나면 식량으로 쓰려고 했다. 가토 기요마사는 후퇴하면서 울

산 사람들을 포로로 많이 데려왔는데 그들이 살던 곳이 구마모토에 울산마치(蔚山町)로 아직도 남아있다. 구마모토 성은 일본에 유학하던 때에도 나고야가 고향이던 일본 친구에게 일본 3대 성 중 하나라고 들어봤다. 그런데 솔직히 말하자면 구마모토 성은 완전한 복원이 아니고 콘크리트로 외부만 복원이 되었고, 나고야 성과 오사카 성은 복원되면서 콘크리트 공법에 내부에 엘리베이터까지 설치되어 명성과는 다르게 제대로 된 복원이 아니어서 아쉬움이 컸다. 나에게 있어서 일본 최고의 성이자 제대로 된 성은 히메지 성으로 여름, 겨울에 두 번 방문한 적이 있었다. 난공불락의 성이어서 무샤가에시(武者返し)라고 전해지는 구마모토 성을 지은 가토 기요마사는 항상 전쟁을 걱정하고 대비했지만 그가 죽은 이후 가토 가문은 영지를 몰수당하고 대가 끊겨 호소카와 가문이 구마모토를 오랫동안 다스리게 된다.

지진으로 무너진 구마모토 성

구마모토 천수각 앞에서

해자가 보이고 성 외곽 건물들이 보이기 시작하자 점점 보이는 성의 모습에 전율을 느꼈다. 아내, 아이, 어머니는 더운 게 더 걱정이었지만 나는 어서 성을 만나고 싶었다. 하지만 안타깝게도 2016년 4월 14일에 발생한 최대 진도 7의 구마모토 지진으로 성의 군데군데가 무너져 있었고 보수 공사 때문에 성 안에 들어갈 수도 없었다. 나는 너무 허탈했고 아이는 어제만큼이나 더워서 벌건 얼굴에 혼이 빠져 있었다. 천수각은 그대로 남아있으나 망루와 성벽 등 많은 곳이 금이 가 있고 무너져 있어서 복구가 한참 걸린다고 했다. 구마모토 성은 이전에도 여러 차례 지진으로 인해 붕괴된 적이 있었는데 우리가 오기 전에도 지진으로 인해 피해를 입은 것이다. 둘러봐도 파손된 흔적이 만만치 않아서 상당한 강진인 것이 체감되었다. 다들 덥고 기운이 빠져서 그나마 덜 더운 나무 밑에서 사 온 간식을 먹기로 했다. 은행 성이라는 별명답게 은행나무가 참 많았는데 그나마 거대한 은행나무가 만들어 주는 그늘이 있었기에 그늘을 휴식처 삼아 군데군데 사람들이 앉아서 쉬고 있었다. 카스텔라를 먹다 보니 목이 막히는데 내 마음도 막히는 듯해서 아쉬웠다. 아이는 그런 마음은 전혀 없이 앉아서 모래 놀이에 푹 빠져서 한참을 놀았다.


점심은 유명한 구마모토 라멘을 먹기로 했다. 찾아간 유명한 가게는 시내에서 좁은 도로를 이리저리 가야 나와서 찾는데 시간이 걸렸다. 주차장을 찾지 못해서 주변에 지나가는 사람에게 물어봐서 무사히 주차를 했다. 실내는 그렇게 크지 않고 중앙에 주방이 있는 구조였다. 중앙에서 조리를 해서 조리 과정이 눈에 다 보였다. 마주 보고 먹을 수 있는 자리가 있었고, 창가에는 테이블 좌석이 있었다. 우리는 중앙 주방을 마주 보고 먹는 자리에 앉았다. 구마모토 라멘은 돈코츠 계열로 눅진하면서 기름진 맛을 자랑하는 라멘이었다. 마늘 기름이 들어가서 먹음직스럽게 나왔는데 날이 덥고 아까 카스텔라를 먹어서 그런지 국물이 묵직한 돈코츠 라멘이 잘 먹히지 않았다. 엄청 기대하고 왔는데 오히려 느끼하게 느껴져서 다들 남기고 점점 더 달아오르는 날씨에 우리는 빨리 차를 타고 가고시마로 가고 싶어 했다. 가면서 남겨 놓은 구마모토 라멘 생각이 많이 났지만 더 먹으라고 했어도 먹지 못했을 듯했다. 먹는 것을 웬만하면 남기지 않는 나도 남겼으니 아내와 어머니도 마찬가지였다. 이후에도 가끔 남겨 놓고 온 구마모토 라멘의 모습이 떠올랐다.

구마모토 라멘

구마모토에서 큐슈 남쪽 끝인 가고시마까지 160km 이동하는데 나는 운전을 좋아하기에 재미있었다. 다른 나라에서 풍경도 바라보며 운전하는 재미는 또 다른 여행의 즐거움이었다. 아이는 뒷좌석에서 꿈나라를 헤매고 있었다. 렌트하고 처음으로 주유가 필요해서 빠르고 안전하게 휴게소에서 셀프 주유도 성공했다. 휴게소는 그렇게 크지 않고 편의점 정도만 있는 규모여서 다음 휴게소에서 잠시 쉬었다 가기로 했다. 지역 명물인 사쿠라지마 이름을 딴 휴게소에서 잠시 정차하고 쉬었다 갔다. 하늘을 짙은 푸른색으로 여전히 화창한 날씨를 자랑하고 있었다. 가고시마 방언으로 환영 인사가 적힌 입간판이 있어서 얼굴을 내밀고 사진도 찍었다. 그리고 다시 출발해서 목적지인 센간엔 스타벅스로 갔다. 가는데 길이 꽤나 복잡했다. 360도 도는 내리막길에 U턴까지 난코스를 뱅뱅 돌다가 모두의 기지를 발휘해 무사히 센간엔에 도착했다. 탁 트인 바다와 사쿠라지마의 화산 연기가 눈 앞에 펼쳐진 환상적인 카페에서 모두 아까의 미친 더위는 잊고 푹 쉬었다.

사쿠라지마 휴게소

가고시마 역시 가고시마 현의 현청 소재지로 미니미큐슈의 중심 도시이면서 과거에는 사츠마 번의 중심인 도시였다. 사츠마는 현재 야마구치 현인 쵸슈와 더불어 메이지 유신 이후 막강한 권력을 행사했던 군벌 지역으로 지금도 많은 정치인을 배출하고 있는 지역이다. 인구는 60만 명 정도이고 후쿠오카에서는 280km 정도 떨어져 있어서 상당한 거리를 자랑했다. 대대로 시마즈 가문이 지배한 곳으로 오키나와를 점령했던 그 시마즈 가문이 이곳에 자리 잡은 가문이었다. 가마쿠라 막부부터 지금까지 이어지는 명문가인데 특히 토요토미 히데요시에게 정복당하기 전에 큐슈를 거의 점령한 큐슈 최고의 실력자였다. 그러다가 토요토미 히데요시에게 항복하고 그의 편에 섰는데 나중에 토요토미 사후, 도쿠가와의 동군과 토요토미의 서군으로 갈라진 1600년에 일어난 세키가하라 전투에서 서군에 속했다가 바로 항복해서 영지를 보장받았다. 일본 NHK 대하사극에서 방영되었던 '아츠히메(篤姬)'라는 사극이 있는데 이는 시마즈 집안의 여성이 13대 쇼군 도쿠가와 이에사다의 정실부인이 되는 내용으로 쇼군 가문과 혼인도 맺는 등 여전한 세력을 과시했다. 이후 막부 말기에 쵸슈 번과 함께 삿쵸 동맹을 맺어 도쿠가와 막부에 대항하게 되면서 메이지 유신에 중심으로 우뚝 서게 되고 그것을 견인한 인물이 가고시마 사람들이 사랑하는 사이고 다카모리(西鄉隆盛)이다. 우리에게는 정한론(征韓論)을 주장한 인물로 좋은 평가를 받지 못하지만 일본인들에게는 세이난 전쟁을 통해 마지막 사무라이라며 존경받고 있다.

센간엔 스타벅스

센간엔(仙巖園)은 사츠마 번의 주인인 시마즈 가문이 1658년에 조성한 정원인데 그곳에 위치한 스타벅스 센간엔점은 등록유형문화재로 인증된 유서 깊은 건물에 자리 잡고 있었다. 하얀 2층 목조 저택으로 내부는 평범하지만 외관은 역사를 자랑하는 건물로 현관 지붕에는 시마즈 가문의 문장인 원형에 십자무늬가 있었다. 내부에는 이미 많은 사람이 앉아 있어서 거의 만석이었다. 어머니는 따뜻한 아메리카노를 주문하고, 나와 아내는 차가운 아메리카노를, 아이는 추로스를 주문해 잠시 더위를 달랬다. 길 건너에는 철도가 있고 바다 건너 사쿠라지마가 보였는데 화산재로 인해 봉우리 부분은 가려져 있었다. 안에는 자석으로 물고기 낚시할 수 있게 해 놨는데 여름이라 아이들이 놀 수 있게 만들어 놓은 듯했다. 점원이 가지고 놀도록 종이로 된 낚싯줄을 줬는데 아이는 재미있어 하면서 몇 번 시도하다가 줄이 끊어졌다. 그걸 본 어느 일본 사람이 아이에게 자신의 낚싯줄을 줘서 아이가 자석 물고기를 낚아 올릴 수 있었다. 센간엔 스타벅스를 배경으로 감상을 하다가 이어 우리 여행의 세 번째 숙소에 갔다. 가고시마 시내에 있는 호텔이었는데 도착하고 나서 주차를 어디에 해야 할지 몰라서 찾다가 자동차 사이드 미러가 조금 긁혔다. 보험 처리가 되기에 비용이 들지는 않지만 자존심에 상처를 입었다. 체크 인을 하고 방에 들어가니 편백 마루가 깔린 소박한 느낌이 드는 방이었다. 먼지 하나 없고 테라스에서 바라본 가고시마 시내가 탁 트여서 다들 마음에 들어했다.

전차가 다니는 가고시마 시내

밖으로 나와 저녁으로 초밥을 먹으러 갔다. 전형적인 일본 도심의 중심가인 아케이드를 지나갔는데 맥주 축제를 하고 있는지 내부 광장에서는 맥주 파티가 열리고 있었다. 아케이드를 나오니 노면전차가 다니고 노을의 어스름에 평온해 보이는 시내가 나타났다. 꼭 타임머신을 타고 과거로 여행 온 느낌이었다. 조금 더 걸어서 바닷가

쪽에 있는 회전 초밥 가게에 갔는데 인기가 높아서 그런지 기다리는 사람들이 많았다. 이번 여행 내내 일본도 휴가 시즌이라 이런 맛집에서 대기 시간이 꽤 있었다. 30분 넘게 기다린 끝에 드디어 자리를 잡았다. 벽에는 66cm 돌돔 어탁이 있어서 눈길을 끌었다. 자리에 앉자마자 골고루 골라 먹으면서 허기진 배를 채웠다. 다들 초밥은 좋아해서 마음껏 주문해 먹었다. 초밥 먹을 때 베니쇼가라고 하는 초생강이 있는데 아이가 한번 먹어본다고 입에 넣더니 눈살을 찌푸렸다.

료마와 오료의 동상

201

다들 넉넉하게 먹고 어둑해진 가고시마 거리를 걸었다. 더위가 가셔서 좋긴 하지만 이곳은 화산재가 바닥에 수북이 쌓여있고 공기 중에도 많이 날아다녔다. 눈이 갑자기 가렵기도 하고 기침이 나기도 하고 참 독특한 환경을 가진 곳이었다. 신발로 한번 쓸어보면 화산재가 쓸려가는 게 눈에 보일 정도였다. 시내 거리를 걸어 호텔로 갔는데 가고시마 초등학생 아이들이 그린 그림이 전시되어 있어서 보는 재미가 있었다. 그리고 거리 중간마다 사카모토 료마(坂本龍馬)의 이야기를 적은 간판과 동상이 곳곳에 세워져 있어서 반가웠다. 사카모토 료마는 삿쵸동맹과 함께 당시 도쿠가와 막부에서 천황에게 정권을 넘기는 대정봉환(大政奉還)을 주도해서 일본 근대화의 초석을 닦은 인물로 일본인들이 매우 존경하는 인물인데 가고시마는 부인이었던 오료와 신혼여행을 왔던 기록이 있어서 일본 최초로 신혼여행을 한 인물로도 알려져 있다.

아케이드 안에 있는 편의점에서 간단하게 저녁에 먹을 간식을 샀는데 점원이 처음에는 나의 일본어를 듣고 일본인인 줄 알았다고 놀라워했다. 그러나 내가 우리랑 한국어로 거침없이 이야기하는 것을 듣고서는 한국인인 것을 알았다고 하며 일본어를 자연스럽게 잘한다고 칭찬했는데 아직 일본어가 녹슬지 않았다는 것에 감사했다. 하지만 이것도 더 이상 사용하지 않으면 점점 잊어버릴 일이었다. 호텔로 돌아와 다들 가고시마에서 첫 밤을 마무리했다. 아침부터 밤까지 땡볕과 장거리 이동에 다들 애쓴 하루였다.

구마모토 성 전경

화산재에 가려진 사쿠라지마

# 땡볕 아래 모래찜질과 온천

2018년 8월 13일(4일째)-이부스키, 가고시마 시가지

이국적인 분위기의 이부스키

추울까 봐 간밤에 에어컨을 끄고 잤더니 너무 더워서 다들 잠을 설쳤다. 한여름은 한여름이었다. 하지만 정갈하고 맛있는 호텔의 조식을 먹고 다들 살아났다. 미리 차려진 개인 상에는 내가 좋아하는 여러 반찬, 밥으로 좋은 냄새가 가득했고 돼지고기 샤부샤부도 꿀맛이었다. 아이용으로 귀여운 캐릭터가 그려진 식판을 갖다 주어서 아이도 즐겁게 식사할 수 있었다. 다들 기력을 회복하고 출발 준비를 마쳤다. 가고시마 현에서 가장 남쪽에 위치해 있으면서 온천이 유명한 이부스키 시로 출발했다. 큐슈 남쪽 끝에 있는 인구 4만이 채 안 되는 작은 도시지만 우리나라와 인연을 맺은 적이 있는데 2004년 당시 노무현 대통령과 일본 고이즈미 총리의 정상 회담이 열린 곳이라고 한다. 야자수가 도로가에 줄지어 서 있는 것을 보니 여기가 남국(南國)이구나 하는 생각이 들었다. 가는 길이 조금 막혀서 12시쯤 도착했지만 이부스키 온천(指宿溫泉)이 있는 헬씨랜드는 하와이에 온 듯 이국적이었다. 저 멀리 우뚝 솟은 카이몬 다케(開聞岳)도 보였다. 카이몬 다케는 일본 관동 지방의 후지산을 닮았다 하여 사츠마 후지라고도 불린다. 일본에서도 이러한 풍광을 보고 일본의 하와이라고 하

205

면서 신혼여행지로 유명하고 가고시마의 대표적인 관광지였다.

카이몬 다케를 배경으로 어머니와 아이

처음 보는 풍경에 모두 기대감이 높아지고 가슴이 두근두근 했다. 주차를 하고 입장권을 산 다음 안으로 들어가니 염전과 화산으로 솟아오르는 증기가 보였다. 이곳의 명물인 모래찜질(砂むし)을 하는 곳으로 갔다. 탈의실에서 옷을 갈아입고 대기실에 모였는데 어린이용 유카타를 입은 아이의 모습이 너무 사랑스러웠다. 이곳의 모래는 특이하게 검은색으로 훈기가 도는 검은 모래를 덮고 찜질을 하는 게 유명했다. 네 명이 바다를 보고 누워서 검은 모래에 파묻혔다. 머리는 모래가 묻지 않도록 수건으로 감싸고 누웠는데 모래는 까칠하면서 무겁고 따뜻했다. 우리 앞으로는 푸른 바다가 펼쳐져 있었다. 20분이 지나자 땀이 살짝 났다. 모래를 덮어주는 직원이 우리의 모습을 사진을 잘 담아주었다. 아이도 같이 찜질을 했는데 가만히 못 있고

지꾸 손발을 움직이다가 결국 10분 정도 지나자 일어나서 돌아다녔다. 아이에게 엄마 모래 좀 덮어주라고 부탁했는데, 묶었던 유카타 끈이 풀어져서 누드로 걸어 다니며 정신없이 엄마에게 모래를 덮어줬다.

모래찜질 중

연기가 피어오르는 이부스키 온천

이부스키 모래찜질

모래찜질이 끝나고 샤워를 한 다음에 노천 온천탕에 갔다. 한여름의 땡볕 아래였지만 훨씬 뜨거운 온천물 안에 몸을 담그고 바람을 맞으니 시원한 느낌이 들었다. 남녀로 나뉘어 있어서 아이와 나는 바다를 바라보며 뜨끈뜨끈한 탕 안에서 몸을 녹였다. 붐비지는 않았지만 생각보다 사람들이 있어서 우리처럼 온천을 즐기러 온 사람이 있구나 하고 조금 놀랐었다. 겨울이면 더 좋았겠지만 한여름의 온천도 색다른 경험이었다. 아이는 신나서 탕 안을 돌아다니고, 물 뿌리다가 냉탕에도 들어갔다. 더운 날, 더 더운물 속에서 온천을 하다니 참 아이러니지만 다 같이 로비에서 만났을 때 어머니가 "여기가 여행 다닌 곳 중에 제일 좋다."라고 해서 우리는 보람이 있었다. 나와서는 자판기에서 시원한 가고시마산 농협 우유와 오렌지 주스, 사이다, 젤리 등을 뽑아 마시며 갈증을 풀었다. 뜨거운 물에 풀어져 노곤해진 우리는 모두 가고시마로 가는 길에 잠이 들었다. 홀로 깨야하는 나는 잠을 참으며 운전하시느라 혼이 빠질 지경이었다. 무사히 가고시마까지 안전하게 운전해서 도착하니 그때 피곤이 풀렸다.

모래찜질을 하고 난 뒤

저녁은 가고시마 아케이드 시내에서 아내가 먹고 싶었던 도톰한 돈
카츠를 먹었다. 안심과 등심 등 모둠으로 주문해서 먹었는데 맵거나
짜지 않고 입에 넣자마자 녹는 고기와 튀김옷 때문에 아이도 수월하
게 저녁을 먹었다. 그리고 아케이드를 여유롭게 거닐면서 이것저것
구경도 하고 가고시마 과자 등 간식거리도 샀다. 추운 것보다 더운
것을 좋아하는 나로서는 정말 마음에 드는 도시였다. 마지막으로 가
고시마 명물인 시로쿠마(白熊) 빙수, 흑설탕 빙수를 먹으면서 시원한
밤을 보냈다. 시로쿠마 빙수는 옛날에 먹던 절인 과일이나 젤리, 떡
등이 붙어 있어서 먹는 재미가 있었다.

사이고 다카모리의 고향

시로쿠마 빙수와 흑설탕 빙수

# 일본 신화의 고향

2018년 8월 14일(5일째)-사쿠라지마, 아오시마, 미야자키
시가지

사쿠라지마

마지막 조식으로 만족스러운 식사를 마치고 짐을 정리한 다음 체크
아웃을 했다. 오늘은 가고시마를 떠나 우리의 마지막 도시인 미야자
키 시로 가는 날이기 때문이다. 주차비가 생각보다 많이 나와서 생
각지도 못한 지출에 비용이 생겼지만 즐겁고 친절한 이곳을 떠나는
게 아쉬운 마음이 들었다. 미야자키에 가기 전에 가고시마 시를 동
양의 나폴리로 만들었던 사쿠라지마(さくらじま, 桜島)를 보러 가기
로 했다. 사쿠라지마는 가고시마 시내 어디서든 보이지만 조망할 수
있는 전망대가 있어서 운전해서 갔다. 주차장에는 이미 사쿠라지마
를 보러 온 사람들로 빼곡했고 관광버스도 많이 보였다. 주차를 한
다음 전망대에 올라 바라보니 가고시마 시내 위로 사쿠라지마가 보
였다. 지금도 연기를 뿜어내는 활화산으로 1914년 대분화 당시 가
고시마에 큰 피해를 끼쳐서 많은 인명 피해가 났다고 한다. 둘레
55km로 상당히 큰 섬으로 시내에서 멀지 않은 위치여서 화산재가
여기까지 날아오기도 했다. 원래는 지명에서도 알 수 있듯이 섬이지
만 1914년 대분화 당시 흘러나온 용암으로 인해 육지와 이어져서
반도 끄트머리에 있는 화산이 되었다. 비록 화산재에 가려지긴 했지

만 희미해서 어제보단 정상의 모습이 육안으로 잘 보였다. 지금도 활동하는 화산 옆에 자리 잡은 도시라니 정작 가고시마 사람들은 일상이라 그런지 딱히 걱정되지는 않는다고 했다.

미야자키를 향해

도로에 줄을 지어 나란히 심어진 야자수를 배경 삼아 미야자키로 향했다. 미야자키 시(宮崎市)는 미야자키 현의 현청 소재지로 인구는 65만 명 정도였다. 가는데 2시간이 걸렸지만 푸른 하늘과 짙은 녹음이 우리를 감싸 주워서 기분 좋은 드라이브를 했다. 미야자키 역시 일본의 신혼여행지로 과거에 인기가 굉장히 높았다. 우리나라 사람들이 예전에 제주도로 신혼여행을 많이 간 것처럼 미야자키, 가고시마, 오키나와 같은 곳이 일본인들에게는 이국적인 여행지로 각광 받았다. 1960년대까지는 신혼여행지의 메카였지만 1972년 오키나와의 일본 반환 이후 남국 이미지는 오키나와가 가져가서 그 이후로 쇠퇴

213

를 맞이했다고 한다. 그리고 야구를 좋아하는 팬이라면 익숙한 스프링 캠프가 이곳에 많이 차려져서 야구팀들이 전지훈련을 하러 많이 온다. 이렇게 따뜻한 아열대 기후지만 비가 많이 내려서 우리가 온 날에도 갑자기 비가 내리거나 그치는 경우가 있었다.

일본 신화의 고향

미야자키는 일본 안에서도 역사가 굉장히 오래된 지역으로 약 5만 년 전 구석기시대부터 사람이 살기 시작해서 그 유적이 아직도 남아 있다. 그리고 일본 신화의 무대가 된 곳이기도 한데 일본 역사서인 고사기(古事記)에 의하면 일본 천황의 조상이자 태양신인 아마테라스(天照大神)의 손자인 니니기노마코토(ににぎのみこと)가 거울, 구슬, 검 즉 3종 신기를 가지고 강림한 곳이 바로 이곳으로 일본 신화에서 중요하게 다루는 천손강림(天孫降臨)의 무대이다. 니니기노마코토의 증손자가 바로 일본 초대 천황이라고 일컬어지는 진무 천황(神武

214

天皇)으로 큐슈 미야자키에서 출발해 혼슈 오사카, 교토 지역까지 정벌을 가서 기원전 660년에 일본 황실을 세웠다는 전설이 있다. 그래서 미야자키 현 니치난 시 해변가에 갔을 때 이러한 신화를 써놓은 설명과 동상이 보이기도 했다.

미야자키의 해산물 정식

점심은 꽤 유명한 로컬 일식당에서 먹기로 했다. 같이 여행 온 어머니와 아내에게 대접하고 싶은 마음도 있고 일본 유학 시절에는 돈이 없어서 매일 기숙사 방에서 간단히 먹거나 학생 식당 아니면 덮밥 체인점에서 사 먹었는데 이제 쓸 수 있을 정도는 되었으니 기분을 내고 싶었다. 현지인이나 일본 관광객들에게도 인기가 많아서 그런지 우리가 갔을 때는 이미 만석이었다. 예약을 하지 않아서 30분 정도 기다렸다가 식사를 했다. 2층 바닷가가 보이는 창가에 앉았는데 정갈하게 차려진 회 정식과 두툼하고 거대한 새우튀김, 성게 덮밥의 맛이 정말 황홀했다. 해산물을 다들 좋아하기에 맛있게 먹었고 배가 불러오는 것이 아쉬울 정도였다. 먹으면서도 계속 감탄하면서 먹어서 그런 내 모습을 보고 아내는 웃었다. 상대적으로 우리나라보다 저렴한 가격에 정갈하고 깔끔하면서 신선한 요리에 눈길이 가지 않을 수 없었다. 지금 생각해도 다시 먹으러 가고 싶을 정도였다.

아오시마 신사

입과 배가 모두 즐거운 식사를 마치고 근처 아오시마(青島) 섬에 가려고 나왔는데 비가 내리기 시작했다. 우산을 쓰고 걸어가는데 비가 점점 세지고 후드득 떨어지는 장대비가 되어서 도저히 걸을 수가 없었다. 아이를 안고 최대한 걸어보려고 했지만 발길을 돌릴 수밖에 없었다. 그래서 자동차로 돌아가서 운전해서 섬에 최대한 가까이 갔다. 걸어가면 짧은 거리이지만 장마처럼 갑자기 쏟아부어서 걸을 엄두가 나지 않았다. 섬 바로 앞에 있는 주차장에 주차를 하니 신기하게도 비가 그쳐서 허탈한 마음이 조금 들기도 했지만 빗방울이 멈추고 햇살이 비추니 한결 마음이 편해졌다. 다 같이 섬을 향해 걸어갔다. 섬이긴 하지만 다리로 연결되어 있어서 걸어서 갈 수 있었다. 둘레가 1.5km밖에 안 되는 작은 섬으로 안에는 아오시마 신사가 있었다. 신사로 들어가는 입구에는 거대한 붉은 도리이가 있어서 신성한 느낌을 자아냈다. 단정하게 지어진 신사에는 연인들에게 유명한 신사라고 해서 그런지 소원을 비는 나무판인 에마(絵馬)에는 그런 글귀들이 많이 있었다.

아오시마 신사의 에마

도깨비 빨래판 해변에서

신사를 한 바퀴 둘러보고 나오니 도깨비 빨래판(鬼の洗濯岩)이라고
불리는 마치 파도치는 것 같은 모양의 암석층이 광활하게 펼쳐져 있
었다. 재미있는 이름을 가진 암석층은 침식 작용으로 인해 만들어진
지형으로 지각 변동의 융기와 침식의 흔적이라고 한다. 전 세계적으
로 이곳에만 보이는 특징이라고 하니 자세히 보면 볼수록 결이 가지
런히 나 있는 모양새가 신기했다. 그리고 바로 옆에는 해수욕장이
있어서 아이는 윗옷은 벗고 바지만 입고 물놀이를 했다. 모래찜질과
모래놀이도 하고 한 시간 동안 신나게 놀았다. 나도 옷이 젖는 걸
신경 쓰지 않고 아이와 놀았다. 이럴 줄 알았으면 수영복을 챙겨 올
걸 하는 아쉬움이 들었다. 내리쬐는 햇살에 아까의 빗줄기는 사라진
지 오래여서 시원한 바닷물에 몸을 담그고 아이는 행복한 한 때를
보냈다. 한참 놀고 모래만 털어내고 미야자키 신궁으로 향했다.

미야자키 신궁

미야자키 신궁(宮崎神宮)은 미야자키 시내에 위치했는데 일본의 초대 진무 천황을 모신 곳으로 일본의 태동을 상징하는 곳이라고 했다. 진무 천황에 동쪽으로 정벌을 가기 전에 머물렀다고 알려진 곳에 세워진 신궁으로 언제 정확히 세워졌는지는 모른다고 한다. 그러다가 메이지 천황이 신사로 정비하고 궁으로 격상시켜서 격을 높였다고 전해진다. 거대한 청동 도리이를 지나서 우리가 갔을 때는 사람이 아무도 없어서 정말 우리 가족만 이 신궁 경내를 거닐었다. 그래서 흔하게 만날 수 있었던 다른 신사나 신궁과는 다르게 질박하고 고요한 분위기를 풍기면서 낯선 기분이 들었다. 신궁 안에는 일본 황족들이 심었던 기념수들도 보였고 바닥의 자갈 하나까지 굉장히 관리를 잘해놔서 그런지 정갈한 느낌까지 났다. 곳곳에 일본 황족들이 심은 기념수가 있어서 이곳이 일본 황실과 연이 깊은 곳이구나를 실감했다. 넓은 신궁 경내를 우리가 전세 낸 듯 거닐면서 마음껏 삼나무 향기를 맡았다. 벌레 하나 보이지 않고 아무도 없는 신사 안을 우리만 걸으니 기분이 묘했다.

신궁에서 나온 뒤 일본의 대표적인 마트인 이온몰에 가서 신나게 쇼핑을 하고 간식을 샀다. 크로와상을 파는 데가 있길래 아내가 먹고 싶다고 해서 주문을 했는데 내 일본어 실력에 점원이 감탄했다고 하면서 서비스로 더 주었다. 고속도로 통행료를 여행 내내 현금으로 내서 현금이 마침 거의 떨어져서 급하게 은행에서 환전도 했다. 나중에 알게 되었지만 고속도로 통행료 지불은 카드 결제가 되었다. 괜히 현금으로 지불하며 다녀서 환전하게 되는 불상사가 벌어진 것이다. 폐점이 될 때까지 있다가 밤 9시가 지나서 미야자키에서 묵을 호텔 체크 인을 했다. 호텔 앞 민간 주차장에 주차를 했는데 주차장 관리인의 큐슈 사투리가 너무 심해서 알아듣는 것은 문제없었지만 일본 사극 드라마에서 듣던 발음을 들으니 신기했다. 호텔에 와서는 마트에서 산 초밥, 카라아게, 컵라면, 맥주 등으로 저녁을 대신했다. 다음날이 귀국인데 태풍이 오고 있다는 소식이 있어서 많이 걱정되었다. 무사히 귀국할 수 있기를 기도했다.

도깨비 빨래판 해변

미야자키 신궁의 기념수

# 큐슈를 돌고 돌아 집으로

2018년 8월 15일(6일째)-큐슈 고속도로

비 내리는 미야자키

밤새 장대비가 내리고 아침에 일어나 창 밖을 보니 비가 오락가락했다. 간단하게 요거트, 크로와상, 모닝빵, 스크램블, 오렌지 주스 등으로 조식을 먹고 짐을 싸고 출발 준비를 마쳤다. 막 나왔을 때에는 비가 내리지 않았지만 언제 비가 내려도 이상하지 않을 날씨였다. 다행이라면 우리가 떠나는 날이기에 상관은 없지만 태풍으로 인한 기상 악화가 더 심해지지 않기만 바랄 뿐이었다. 거리의 야자수 잎이 흔들거리는 것을 보며 미야자키에서 출발했다. 후쿠오카 국제공항까지 300km의 여정을 시작되었다. 먼 거리였지만 운전을 좋아하는 나로서는 이것도 여행의 일부분이었다. 라디오를 켜고 노래를 들으며 고속도로를 쭉 탔다. 미야자키를 빠져나오니 날은 개어서 화창한 날씨로 변모했다. 비가 많이 오는 지역이라고 하더니 그 말이 틀린 말이 아니었다.

아이와 어머니

미야하라 휴게소에서 정차를 하고 점심 식사를 하기로 했는데 사람들도 연휴라 그런지 내부에는 앉을 자리가 없어서 자리가 날 때까지 살펴봐야 했다. 식사는 줄을 서서 순서대로 몇 가지는 골라 담고 카운터에 메인 요리를 주문하는 식이어서 우리는 삼각김밥 3개에 우동 2개, 자루소바 1개, 새우튀김을 주문해서 먹었다. 그리고 나오는 길에 간식으로 아이가 먹고 싶다고 해서 타코야키를 사줬다. 우리의 호두과자 같은 국민 간식인 타코야키 위에 올려진 가츠오부시가 하늘거리니 아이가 신기해했다. 이게 기억이 났는지 우리나라에 와서 길거리에서 타코야키 푸드트럭을 보면 꼭 이야기를 했다.

이제 곧 출국

렌트카 반납 장소에 도착하기 전에 주유소에서 반납 전 주유를 했다. 오후 2시가 되어 안전하게 렌트카 반납 장소에 도착했다. 미야자키에서 후쿠오카까지 고속도로 톨게이트 비가 무려 6천 엔 정도 나왔다. 역시 일본의 비싼 공공재 서비스 가격에 놀라지 않을 수가 없었다. 이번 큐슈 일주 6일간 1,000km를 넘게 우리는 달리고 달렸다. 아내는 외국에서 운전이 쉽지 않은데, 여행 내내 운전을 도맡아서 피곤해도 참고 안전하게 운전을 끝까지 해냈다며 칭찬했다. 이렇게 무사히 후쿠오카 국제공항에 도착했다. 아이는 공항 앞에 보이는 후쿠오카 경찰차가 멋졌는지 그 앞에서 사진을 찍어달라고 했다. 아픈 곳 없이 공항에 올 수 있어서 감사했다. 짐 부치고 출국 수속하고 로비에서 기다리는데 일본고교야구인 고시엔이 방송되고 있었다. 아이는 야구엔 관심이 없어서 편의점 시식 행사하는 곳에 가서는 이쑤시개로 야무지게 몇 개 집어 먹으면서 맛을 보았다. 그 모습이 너무 웃겨서 우리는 웃을 수밖에 없었다. 어떤 여자아이와 둘이서 계속 먹으니 점원이 무릎을 굽혀 아이들이 편하게 시식할 수 있도록 해줬다. 입국 시간이 되자 게이트 안으로 들어가는데 아이는

혼자 자기 여권과 티켓도 제출하고 받을 줄 알았다. 비행기에 타서
는 할머니가 사준 장난감을 가지고 놀면서 시간을 보냈다.

일본의 여름, 고시엔 야구

6일 동안의 시간이 너무 짧게 느껴질 정도로 이곳저곳 많이 돌아다
니면서 눈을 가득 채우고 배도 가득 채웠던 여행이었다. 그리고 만
났던 사람들의 친절과 대화가 즐거웠던 시간이어서 좋은 기억을 담
고 떠나게 되었다. 가깝고도 먼 나라라는 말처럼 워낙 국가 간 부침
이 많지만 뗄 수 없는 이웃 나라로 인정할 것은 인정하고 바르게 만
들어 가야 할 것은 바르게 만들어서 나아갔으면 좋겠다. 그래야 마
음 편히 다시 이곳을 찾을 수 있을 듯했다. 대구 국제공항에 도착하
여 짐을 찾고 잠들어 있던 자동차에 시동을 건 다음 산뜻하게 집으
로 출발했는데 빌렸던 와이파이 기계를 반납하지 않아서 다시 공항
으로 돌아가서 기계를 반납하느라 시간이 다소 늦어졌다. 그렇게 또

돌고 돌아 250km를 달렸다. 우리나라 고속도로 휴게소에서는 김치찌개를 먹으면서 고향에 온 기분을 냈다. 내가 사는 도시에 가까워질수록 비가 세차게 내려 차선도 보이지 않을 때가 있었고 자동차는 비에 홀딱 젖었다. 일본에서 한국에서 비를 뚫고 무사히 도착한 집에서 잠들며 일본에 작별 인사를 했다.

자기 어린 확인

# 걷는 게 아닌 쉬는 여행, CEBU

2019년 8월 7-14일(8일간)-세부 리조트, 세부 시가지

드디어 필리핀 세부 가는 날이 밝았다. 세부는 필리핀에서도 수도 마닐라보다 오래된 최초 식민지 도시로 유명한 휴양 도시였다. 항상 걷는 여행을 추구한 우리가 처음으로 쉬는 여행을 가게 되었는데 동남아시아에서 그렇게 멀지 않고 한적하게 쉴 수 있는 곳으로 세부를 골랐다. 아침에 일어나서 나는 처치 곤란한 불고기와 감자를 치즈 달걀 샌드위치, 감자튀김으로 변신시키고 자몽 에이드와 함께 내놓았다. 아이는 일어나서 "우리 소풍 언제 가요?"하고 부스스한 얼굴로 물어봤다. "와, 여행 간다."하고 좋아하길래 왜 좋냐고 물어보니 "여행 가면 호텔에서 자잖아요."라고 말했다. 이제 조금 커서 인지 여행이 뭔지 조금은 아는 것 같다. 비행기 타는 것도 즐거워하고 여행에 대한 기대가 있는지 신나 보였다.

새벽 비행기의 다크서클

비행기가 오후 9시 출발이라 밥을 먹고도 여유가 있다. 짐도 다 싸

놓고 빨래를 돌리며 아이랑 놀았다. 패밀리 티를 깃춰 입고 오후 4시가 되어서 대구 국제공항으로 출발했다. "우리 가는 곳은 세부야." 하니까 아이가 "세붕? 세븐?"했다. 아이에게 우리가 가는 곳을 가르치며 신속하고 정확한 운전으로 대구 국제공항에 2시간 만에 도착했다. 수화물 보내고 저녁을 먹고 후식으로 도넛도 먹고 출국 수속을 했다. 비행기에 올라 하늘로 이륙을 했다. 아이는 대구의 야경이 신기한지 계속 창밖을 쳐다보며 "굿바이 코리아."라고 했다. 비행기에 오른 지 4시간이 지나 필리핀 세부 국제공항에 무사히 도착했다. 비행기 안에서 배가 고픈지 아이는 컵라면도 주문해서 먹었다. 입국 수속이 밀려서 새벽 3시가 다 돼서야 호텔에 체크 인을 했다. 늦을 줄 알고 미리 공항 호텔을 예약해놔서 곧바로 짐을 풀 수는 있었다. 피곤하고 졸린 채로 얼른 샤워를 하고 각자 침대에 누워 잠을 잤다. 늦은 비행이었지만 무사히 세부에 왔다. 순탄한 출발이었다.

세부에서 첫 끼니

다음날 아침 10시 반, 쨍쨍한 세부의 햇살이 들어오는 호텔에서 눈을 떴다. 모두 아주 배가 고팠기 때문에 얼른 5박을 할 블루워터 리조트로 이동하기로 했다. 짐을 챙겨서 체크아웃하고 카카오 택시 같은 그랩 택시를 불러서 탔다. 차창 밖으로 세부 거리를 보며 리조트로 갔다. 필리핀 명물인 지프니가 거리 곳곳에 보였다. 아이가 그 와중에 "너무 배고파서 쓰러지고 죽을 것 같아요."라고 말하고 택시 뒷좌석에 드러누웠다. 간식을 안 챙겨 다닌 게 미안해서 얼른 근처 식당으로 도착지를 바꿔서 내렸다. 유명한 킹크랩 식당이었는데 자리를 안내받고 직접 가서 킹크랩을 고르는 구조였다. 커다란 킹크랩 두 마리를 골라서 블랙페퍼, 버터 갈릭 소스 요리를 시켰다. 볶음밥과 망고, 코코넛 슬러시를 먹으며 허기를 달랬다. 요리가 나와서 내가 망치로 부셔가며 살을 발라주고 우리 가족 모두 허겁지겁 두 끼를 몰아서 먹었다. 우리 모두 게를 좋아해서 만족스럽게 세부 첫 끼니를 해결했다.

리조트와는 가까운 거리여서 몇 걸음 걸어서 우리의 숙소에 도착했다. 센터에서 체크 인을 하고 찾아갔는데 우리 방은 널찍한 수영장 바로 앞에 위치한 2층 방이었다. 아이는 수영장을 보고 바로 마음에 들어서 "엄마가 이 방 사줘서 고마워요."하면서 신나게 춤을 췄다. 얼른 옷만 갈아입고 수영장으로 달려갔다. 공놀이도 하고 신나게 두 시간 동안 놀았다. 한적하면서 푸르른 하늘 아래 열대 나무가 가득한 이곳은 꼭 천국 같았다. 저녁은 근처 마트로 걸어가서 먹고 싶은 것을 한가득 담아왔다. 컵라면, 과자, 음료수까지 비닐봉지 4개에 꽉꽉 담겼는데 가격은 2만 원 조금 넘게 나왔다. 필리핀 물가가 정말 싸다는 게 실감되었다. 방에 돌아와서 망고를 다 썰고, 커피포트 안을 닦아내고 끓인 물로 각자 컵라면 1개씩 먹고, 망고에 과자까지 먹고 또 쉬고 있다. 테라스 천장에는 작은 도마뱀이 기어 다니고 있었다. 항상 돌아다니는 여행을 하다가 휴양 여행을 하니 마음은 낯설었지만 몸은 참 편했다.

해먹 사용하기

리조트에서 하룻밤을 보내고 아침 8시 알람이 울리고 하나 둘 단잠에서 깨어났다. 오늘은 본격적으로 리조트를 즐겨볼 참이었다. 옷을 갈아입고 조식 뷔페를 먹으러 갔다. 나와 아내는 커피랑 빵, 김밥, 쌀국수를 먹고 아이는 시리얼, 밥, 달걀 스크램블, 오렌지 주스를 먹었다. 아이가 빨리 물놀이를 가고 싶어서 아침을 먹는 둥 마는 둥 했다. 밥 먹고 소화시킬 겸 바닷가 쪽으로 가보니 싱그럽고 청명한 여름 하늘 아래 바닷가 풍경이 아름다웠다. 해먹에 누워보기도 하고, 야자잎 지붕의 건물들과 하늘 높이 솟아 있는 야자나무까지 자연스럽고 평화로운 천국 같은 풍경 그 자체였다. 보고만 있어도 마음이 평온해졌다. 숙소로 돌아와 옷을 갈아입고 수영장으로 갔다. 어제보다 더 햇볕이 쨍쨍하고 바람이 약해서 물놀이 하기 딱이었다. 오전새 수영장 청소를 했는지 물이 더 맑았다. 나는 수영 연습을 하고 아이는 낮은 풀장으로 가서 돌멩이를 줍고 아내는 핸드폰을 가지고 사진을 찍으며 함께 놀았다. 점심시간이 되어 선베드에 자리를 잡고 어제 산 간식들로 점심 요기를 했다. 따뜻한 햇살 아래 선베드에 쉬고 있으니 색다른 경험이었다.

해 질 녘의 거리

리조트 안의 수영장을 다 돌아 다녀보고 바닷가에 가서 모래 놀이를 했다. 모래로 땅뺏기 놀이를 하다가 아이를 모래 속에 넣고 찜질을 해줬다. 다들 배가 고파서 식당으로 출발했다. 인근 번화가에 있는 해산물 레스토랑에서 랍스터, 왕새우, 스테이크, 해산물 볶음밥까지 한가득 시켜서 먹었다. 필리핀 서버 아주머니가 그릇 바꿔주고, 물건

갖다 주시고 초 단위로 우리를 챙겨주셨다. 잘 먹고 계산을 하려는데 가게에서 카드를 안 받는다고 했다. 어제 먹은 가게에서는 카드가 돼서 당연히 카드가 될 줄 알고 달러도 페소도 아무 현금이 없는 상황이라 순간 너무 당황스러웠는데 마침 주인이 한국인이라서 물어보니 카카오 페이로 돈을 전송할 수 있다고 해서 음식값을 핸드폰으로 식당 주인한테 보냈다. 그렇게 우리는 당황스러운 순간을 벗어날 수 있었다. 어제 갔던 마트로 가서 내일 것까지 간식을 사고 리조트로 돌아왔다. 좁은 길에 차는 끝없이 오고 먼지와 매연이 가득해 아이를 데리고 다니기가 조금 염려되었다. 나는 아이를 번쩍 안아서 안고 다녔다. 오늘 리조트에서 보낸 하루가 아주 만족스러워서 남은 3일 내내 나가지 말고 있기로 했다. 마지막 체크아웃하면 시티로 나가볼 계획을 세웠다.

하루 종일 물놀이

어김없이 9시에 일어나 옷을 걸치고 조식을 먹으러 갔다. 오늘도 아이는 밥을 팍팍 안 먹었다. 밖이 더워서 그런다나 아무튼 힘이 없어 보였다. 나와 아내는 맛있게 먹고 방으로 돌아와 착착 옷을 갈아입고 수영장으로 입수했다. 아이는 수영조끼를 입고 있긴 하지만 매번 둥둥 떠다니다 보니 이번에는 수영 비슷하게 팔을 저어서 앞으로 나아갈 수 있게 되고, 배영처럼 누워서도 움직일 수 있었다. 혼자서 연습하면서 된 건데 대단하다고 칭찬해줬다. 나와 아내는 공 주고받기를 했다. 점심이 되어서 방으로 돌아가 어제 사온 과일을 깎았다. 테라스 테이블에 준비해서 과일 파티를 즐겼다. 노랑 수박과 망고였는데, 수박은 시원하고 망고는 꿀보다 달았다. 수박은 4천 원, 망고는 하나에 천 원밖에 안 하는데 우리나라보다 과일이 더 맛있었다. 점심 먹고 또 수영장에 갔다. 오늘따라 세부의 태양이 너무 뜨거워서 얼굴이 익을 것 같았다. 그늘을 찾아다니며 놀았다. 이제는 리조트 지리를 다 알아서 깊은 수영장도 가고 바닷가도 갔다. 리조트 안에서 결혼식도 하는지 결혼 준비가 한창인 곳도 있었다.

저녁은 알아 놓은 피자 가게에서 먹기로 했다. 우선 어제 갔던 마트에 가서 페소 환전을 하고 그 맞은편에 있는 피자 가게로 갔다. 도우가 바삭바삭한 마르게리타, 포르마지 피자를 먹었는데 나는 피자를 먹는 동안 모기에 6군데나 물렸다. 3군데는 엉덩이 쪽이어서 앉아 있는데 계속 가려웠다. 아내 말로는 아내와 아이를 지키기 위한 아빠의 희생이었다고 했다. 하지만 피자가 워낙 맛이 좋았기에 그걸로 충분했던 식사였다. 리조트에 돌아와 한 번 더 야간 수영을 했다. 아무도 없는 어두운 수영장을 우리 것인 것처럼 썼다. 방에 돌아와 씻고 각자 컵라면 하나씩 먹고 하루를 마쳤다. 오늘도 신나게 놀았다.

치킨 배달하는 중

다음날 아침 8시쯤 일어나 9시쯤 챙겨서 조식 뷔페를 먹으러 갔다. 아이가 오늘따라 열심히 밥을 먹었다. 먹자마자 또 바로 물놀이를 했다. 4일째 물놀이를 하려니 나와 아내는 조금 쉬엄쉬엄했으면 했는데 아이는 항상 재밌다고 계속 놀 거라고 했다. 오늘도 강렬한 햇볕이 쨍쨍하다. 한두 시간만 논 것 같은데 아내 다리가 초콜릿 색이되었다. 나는 어제부터 몸을 태우겠다고 호언장담하고 래시가드를 벗었는데, 반바지 형태의 수영복 부분만 하얗게 보였다. 아이도 동글동글 통통한 얼굴이 검은 찐빵처럼 익었다. 점심도 동남아의 시원한 노랑 수박에 달콤한 망고를 먹었다. 나는 아내와 아이에게 망고 갈라서 주고 씨에 붙은 망고 살만 먹고 있으니, 뭘 먹을지 생각하고 자잘한 준비부터 치우는 것까지 나의 노력 덕분에 여행이 가능했다고 아내가 칭찬했다. 오후에 물놀이 또 시작이었다. 서로 잡기 놀이를 하고 놀았다. 바닷가에 가서는 산호 줍고 모래찜질을 해주면서 놀다가 깨끗해진 숙소로 돌아왔다. 저녁은 한국 치킨 브랜드인 조선치킨을 먹기로 했다. 세부까지 와서 치킨을 먹게 될 줄은 몰랐지만 리조트 근처에 있는 세부 조선치킨은 1마리당 한국보다 5천 원 정도 싸고, 콜라 2병이 서비스로 딸려왔다. 가게에서 치킨 두 마리를 받아 들고 리조트로 가는데 치킨 냄새가 솔솔 코끝을 찔러왔다. 숙소로 돌아와 후라이드 치킨과 양념 치킨을 펼쳐놓고 모두 신나게 닭을 뜯었다. 4조각 남은 채로 다들 배가 불러서 정리하고 쉬며 하루를 마무리했다. 아이는 잠시 후 4조각을 혼자 먹어 치웠다.

세부 피자 맛집

리조트에서 온전히 보내는 마지막 날 아침이 밝고 다들 일어나 조식을 먹었다. 아이는 힘내서 밥, 베이컨, 새우 딤섬을 다 먹었고 나는 마지막으로 자주 먹었던 프렌치 파이를 즐겼다. 밥 먹을 동안 룸 청소를 받고 바로 수영장으로 갔다. 이제 마지막 수영이라서 힘내서 놀았다. 아이는 수영을 더 하고 싶다고 했다. 마지막으로 해변에 가서 사진을 찍었다. 점심으로 맛이 너무 좋아서 잊을 수 없었던 피자를 다시 먹으러 나왔다. 역시 필리핀의 점심 햇볕은 너무 따가웠다. 곧 피자집에 도착하여 4가지 토핑의 피자와 필리핀 특유의 달걀 피자, 산 미구엘, 오렌지 주스를 주문했다. 모두 잘 먹어서 팁으로 100페소를 내고 나왔다. 점원에게 너무 맛있었다고 감사의 인사도 했다.

후식으로 맥도널드 아이스크림이 들어간 맥 플롯을 먹으려고 했는데 다 떨어져서 다른 아이스크림 집에 갔다. 작은 가게였는데 이런 가게에도 가게를 지키는 가드가 1명씩 있었다. 어딜 가나 가게에는 가드가 있어서 치안에 대해 생각해보게 되었다. 아이는 초콜릿 아이스크림 나와 아내는 커피를 마시며 여행 사진을 구경했다. 숙소에 돌아와서 나는 이제 좀 쉬었고 아내랑 아이는 물놀이를 하기로 했다. 둘이 오후 6시에 나가서 깜깜해지고 수영장 문을 닫을 때까지 물속에 몸을 담그고 있었다. 아이는 물에 있는 게 좋았고 아내는 자유형 연습을 했더니 숨 쉬는 자세가 편해져서 뿌듯해했다. 방에 돌아와서 내가 준비한 망고스틴, 망고, 노랑 수박을 먹었다. 값싸고 달콤한 열대 과일로 즐기는 마지막 만찬이다. 아쉬운 마지막 밤이 깊어갔다. 아이는 여기서 살고 싶다고 했다.

오지 않았으면 하는 리조트를 떠나는 날이 되었다. 아침에 침대에서 눈을 떴을 때부터 아쉬운 마음으로 일어나 마지막 조식을 먹었다. 나와 아내가 제일 잘 먹은 음식은 매콤 쌀국수, 아이는 수박이었다. 바싹 말린 수영복까지 여행 가방에 넣고 지퍼를 채웠다. 체크 아웃을 하고 택시를 불러서 세부 시내에 있는 SM시티 쇼핑몰로 갔다.

산토니뇨 성당 거리

짐을 맡기고 100달러를 환전을 했다. 필리핀의 패스트 푸드인 졸리비를 찾아가서 스파게티, 치킨, 밥, 아이스크림, 망고 복숭아 파이, 콜라 플롯을 먹었다. 전부 다해서 단돈 7천 원이었다. 그리고 산페드로 요새를 향해 걸어가기 시작했다. 날은 더운데 길에는 먼지 바람과 매연이 심했다. 아이가 걷기에 너무 안 좋아서 내가 아이를 안고 걸었다. 거리를 걸으면서 빈부격차가 굉장히 심하다는 게 느껴졌다. 어느 곳은 지금 우리나라처럼 생겼지만 어디는 우리나라 70년대 같은 곳도 있어서 그러한 곳들이 공존하고 있었다. 요새는 가까울 줄 알았는데 날도 덥고 탁한 공기 때문인지 40분 정도 걸은 것 같았다. 매표소에 고양이가 한가롭게 자고 있는 것이 부러웠다. 요새에 도착했을 땐 기운이 빠져서 잘 볼 힘이 없었다. 요새를 둘러보고 다음 장소인 마젤란 십자가를 갔다가 산토니뇨 성당에 들어가 앉았다. 잠시나마 더위를 잊게 해 준 성당의 그늘에서 주님의 은총을 느꼈다. 다시 택시를 불러서 SM시티로 돌아갔다. 아이 레고 장난감도 사고 카페에서 잠시 쉬는 시간을 가졌다.

저녁은 망 이나살이라는 필리핀 식당에서 밥과 돼지 꼬치, 닭 가슴살 구이를 먹었다. 사람들이 손으로 밥을 먹는 것에 문화적 차이를 느꼈다. 우리도 손으로 식사를 했는데 입에 맞아서 아이도 엄청 잘 먹었다. 바비큐와 밥은 역시 최고의 조합이었다. 마트로 가서 한국으로 가져갈 기념품을 샀다. 건망고, 바나나칩, 깔라만시 가루를 여러 개 담았다. 거의 남은 돈 없이 맞춰서 썼다. 어머니께 드릴 자석과 아이가 고른 돌고래 열쇠고리도 샀다. 이제 캐리어를 찾아서 공항으로 갔다. 도로의 필리핀 풍경과 지프니에 가득 찬 필리핀 사람들을 보며 마지막 인사를 했다. 체크 인 수속하고 기나긴 기다림이 시작되었다. 배고파서 공항 식당에서 면 요리 2개를 시켰는데 면이 너무 푹 삶아지고 도저히 먹을 수가 없었다. 내가 느끼기에 지금까지 만난 요리 중 가장 먹지 못할 정도였다. 식성 좋다고 말하던 나는 결국 한 젓가락도 넘기지 못했다. 아내도 아이도 맛없어하면서 거의 다 남기고 다른 일본 라멘 집에 갔는데 거기도 맛이 여전히 어설펐다. 그래도 어느 정도 먹을 수는 있었다. 필리핀에서 면을 주문한 것 자체가 실수라고 생각했다.

항공 지연으로 새벽 1시 50분에 비행기가 출발했다. 비행기에서 앉은 채로 졸면서 아침 7시쯤 대구에 도착했다. 비몽사몽으로 집으로 바삐 갔다. 아이랑 아내는 자고, 나도 운전하면서 엄청 피곤했다. 그래도 무사히 집에 도착했다. 그리고 집에 와서 캐리어 정리를 조금 하고 면도도 하지 못한 채로 바로 출근했다. 이렇게 우리 가족 첫 휴양 여행은 성공적으로 마무리되었고, 아이가 지금까지 여행 중에 가장 기억을 많이 하고, 가고 싶어 하는 여행이 되었다.

다시 새벽 비행기의 다크서클

# 다시 지구여행이 시작되길

국경 밖으로 떠나는 여행의 설렘을 고대하며

글을 쓰고 있는 2021년의 여름에도 여전히 코로나 19 바이러스의 공격은 매섭기만 하다. 언제 다시 이런 여행이 시작될 수 있을까 초점 없고 끝을 알 수 없는 질문에 매번 갈 곳 잃은 대답만 되뇌게 된다. 여행을 좋아하는 나와 아내의 영향인지 아이도 여행을 무척 좋아해서 어디든 가는 것을 좋아했다. 물론 벌써부터 여행 스타일이 다른지 아이는 걷는 여행보다는 쉬는 여행을 좋아했다. 걷는다면 산속이나 바닷가나 자연을 걷는 걸 좋아해서 도심 여행을 좋아하는 나와는 다른 성향을 가진 듯했다. 아내와 아이와 함께 하는 여행이 내가 사는 도시를 거니는 것도 여행이 되고, 가까운 곳을 가는 것도 여행이 되지만 여권을 챙기고 비행기를 타고 국경 밖으로 떠나는 여행이 언제 다시 될지 요원하기만 한 현실이 답답하지만 언젠가는 끝날 것이라는 믿음이 있기에 기다리고 또 기다려 본다.

국경 밖 여행을 할 때 거의 대부분을 어머니와 함께 했었다. 어머니와 함께 하기 위해선 어머니의 건강이 무엇보다 중요했다. 어머니의 첫 해외여행은 내가 대학생 시절이었던 2007년 7월에 나와 함께 떠났던 중국 베이징 여행이었다. 어머니 나이 40대 후반에 떠난 여행이 첫 해외여행이었는데 이후 어머니는 친구들과도 떠나고, 우리와 함께 떠나며 많은 곳을 여행했다. 어머니의 집 거실에는 커다란 세계 지도 패널이 있어서 나라별 자석으로 간 곳을 표시해놨는데 이제는 꽤 많은 곳을 가서 보는 재미가 있었다. 정정한 발걸음으로 그 누구보다 앞장 서서 걷고 일찍 일어나서 아침을 시작하고 끝까지 정리를 하고 마지막에 쉬는 어머니여서 언제나 건강할 줄 알았는데 지금 많이 아프시기에 마음이 편치 않다. 코로나 19로 인해 해외로 가는 관문이 막힌 지금 열심히 치료받고 다시 건강해지기 위해 노력 중에 있는데 어서 다시 정정해진 발걸음으로 우리와 함께 걷는 여행을 시작하길 간절히 소망한다.




아이가 크면서 여행을 가도 매해 느끼는 바가 다르고 아이가 행동하거나 생각하는 것도 매번 달라진다. 아이의 이런 모습을 보는 것도 여행의 큰 즐거움 중 하나였다. 어느새 〈아이와 세계를 걷다〉 시리즈의 세 번째 이야기가 나오게 되었다. 돌도 안 지난 시점에서 여행을 다녔는데 아이는 훌쩍 커서 만 7살에 초등학생이 되었다. 본래 장거리 여행을 기록으로 남겨 아이와 함께 갔던 시간과 공간을 기억하고 싶어서 글을 쓰게 되었는데 유럽 여행을 남겼던 〈아이와 세계를 걷다〉와 러시아 블라디보스토크와 북미 대륙 여행을 적었던 〈아이와 세계를 걷다 2〉에 이어서 우리나라의 이웃 나라인 홍콩, 마카오, 중국, 일본, 필리핀을 여행한 〈아이와 세계를 걷다 3〉가 나오게 되었다. 아이의 첫 해외여행이 홍콩과 마카오여서 그 이야기부터 시작했다. 너무 어려서 아이라고 말하기에는 조금 민망한 정도의 아이였지만 이번 이야기는 연도가 달라지다 보니 하루가 다르게 성장하는 아이의 모습이 커가는 것이 보여 색다른 재미가 있었다. 저번 시리즈와 비교해서 일상보다는 우리가 갔던 곳에 대한 설명이 많은데 그건 오랜 기간 동안 우리와 밀접한 관련을 맺고 있는 주변 나라들이고 나와 인연이 깊은 나라들이기 때문인 듯했다.




아이에게 여행을 갈 때마다 하는 말이 있다. '여행은 느낌이다.', '여행은 날씨가 8할이다.'라는 말을 자주 해서 아이도 알고 있는 말이다. 함께 낯선 곳에 가서 낯선 음식을 먹고 낯선 사람들을 만나고

245

밤을 보낸다는 것은 오감을 팽배하게 쓰기 때문에 느낌이라는 단어가 가장 어울린다. 그리고 화창한 날씨 속에서 온전히 그 도시를 느껴보는 것이 좋기 때문에 날씨가 좋아야 한다는 이야기를 자주 하는데 이번 여행들은 좋고 나쁨에 따라 그런 명제를 고스란히 느낄 수 있는 여행들이었다. 날이 좋아서 그곳을 더 진하게 느낄 수 있었고, 날이 좋지 않아서 아쉬움이 남아있는 순간이 있기 때문이다.


언제 다시 국경 밖 여행을 할 수 있을지 기다리고 있지만, 다시 시작될 여행을 기록으로 남겨 지금보다 더 커 있을 아이와 함께 다닌 여행들로 〈아이와 세계를 걷다 4〉가 나오기를 고대한다. 백신으로 안전한 세상이 되었다고 모두 이제는 마스크를 벗고 다녀도 된다는 뉴스를 보고 싶다. 마음껏 모여서 이야기하고 얼굴을 보며 식사하고 콘서트와 영화를 보는 세상이 왔으면 한다. 하루빨리 지구여행이 다시 시작되어 공항에서 여권과 비행 티켓을 손에 쥐고 탑승 시간을 기다리고 있을 나를 상상해 본다.